Ulrike Meier

ZUHAUSE

Ulrike Meier

Zuhause

Eine Weihnachtsgeschichte

Ulrike Meier
Zuhause
- 1. Aufl. – 2009
Herstellung und Verlag:
Books on Demand GmbH, Norderstedt (www.bod.de)
ISBN: 978-3-8391-2300-3

Fotos:
Haustüre © Leah McDaniel@fotolia.com
Stadtbild © Sebastian.Grote@fotolia.com

Bibliografische Information der Deutschen Nationalbibliothek
Die Deutsche Nationalbibliothek verzeichnet diese Publikation in
der Deutschen Nationalbibliografie; detaillierte bibliografische
Daten sind im Internet über http://dnb.d-bn.de abrufbar.

Für Böbbi
Meine grosse Liebe

Glück entsteht oft durch Aufmerksamkeit in kleinen Dingen,
Unglück oft durch Vernachlässigung kleiner Dinge.

Wilhelm Busch

Es war der erste Tag nach den Sommerferien. Zweiundzwanzig neue Schüler waren so in ihre Zeichnung vertieft, dass das feine Klappern ihrer Sandalen schon störte.

Sie schritt langsam durch die Klasse und sah sich die verschiedenen Bilder an, die da im Entstehen waren. Die erste Aufgabe war immer etwas ganz Besonderes. Daran konnten sich die Leute noch im Altersheim erinnern.

Die Kinder zeichneten ihre Familie. Von Vater, Mutter, Bruder, Schwester, Oma, Opa über Hund, Katze, Hamster durfte alles aufs Papier.

Während der letzten halben Stunde hatten die Kinder an ihren Bildern gearbeitet, und es waren zum Teil richtige Kunstwerke entstanden. Einige Kinder waren jetzt mit ihren Zeichnungen fertig und hängten sie hinten im Klassenzimmer auf.

Sie stand hinter zwei Jungs, die noch am Zeichnen waren.

Beim einen war das Bild voll gemalt. Sehr gross hatte er sich selbst dargestellt. Rundherum Eltern, Bruder, Grosseltern und etwas Undefinierbares in der rechten unteren Ecke. Es konnte zwischen Hund, Katze, Vogel oder Hamster alles sein.

Der andere Junge hatte sich selbst, Vater und Mutter gezeichnet.

„Du hast doch gar keine Eltern", stiess ihn der Junge mit dem vollen Bild an.

„Du wohnst doch bei deiner Oma!"

„Abwarten …" Er hängte sein Bild unbeirrt zu den anderen.

Es wurde schon langsam dunkel, als er die alte Metallbrücke erreichte. Sie war mit ihren grossen Strassenlaternen schon von weitem zu sehen. Die runden Kugelleuchten verströmten eine besondere Atmosphäre. Trotz ihrer Größe strahlten diese Leuchten ein warmes Licht ab. Das Metallgeländer der Brücke war sehr kunstvoll geschmiedet. Alle paar Meter war das Wappen der Stadt eingearbeitet. Die Stadt hatte den Handlauf des Geländers für die Adventszeit aufwändig mit einer Lichterkette verziert. Hinter der Brücke sah er die weihnachtlich geschmückten Jugendstilhäuser dieses Quartiers.

Es war Samstagabend und mittlerweile waren kaum noch Leute unterwegs. Ein junges Pärchen kam ihm entgegen, in beiden Händen mehrere volle Plastiktüten. Sie unterhielten sich fröhlich und lautstark über ihre erfolgreiche Shoppingtour.

Den ganzen Tag durch hatten sich Wind und Regen abgewechselt. Manchmal kam auch beides zusammen. Im Moment nahm der Wind wieder zu und es wurde immer kühler.

Die Metallbrücke führte über den kleinen Fluss, der die Stadt teilte. Sie war nicht gross, weder hoch noch lang. Doch sie kam ihm plötzlich fürchterlich lang vor. In der Mitte der Brücke musste er sich festhalten. Das Metallgeländer war eiskalt und er wäre beinahe mit der Hand am Eisen kleben geblieben. Er zog die Hand schnell wieder weg und steckte sie in seine Manteltasche. Er lehnte sich mit der Schulter an eine Laterne, um sich etwas zu erholen. Selbst durch den Mantel spürte er das kalte Metall.

Hier auf der Brückenmitte zog es am stärksten. Der Wind war eisig und ging durch seine Kleider. Sein alter, grauer Mantel war nie besonders warm gewesen und hatte seine besten Zeiten bereits lange hinter sich. Jetzt wärmte der Mantel überhaupt nicht mehr und er hatte das Gefühl, nichts anzuhaben. Das einzige, das etwas wärmte, war der Rucksack auf seinem Rücken.

Nachdem er sich ein wenig erholt hatte, ging er langsam weiter. Er wollte möglichst schnell von der Brücke weg und zwischen die Häuser kommen. Dort war der Wind nicht ganz so stark.

Vor einer Woche hatte dieser kratzende, trockene Husten angefangen. Er war überzeugt gewesen, dass dieses Kratzen von alleine wieder verschwinden würde, doch der Husten hatte sich während der Woche stetig verschlimmert. Beim Atmen war dieses gurgelnde Geräusch nicht mehr zu überhören. Mit jedem Schritt fiel es ihm schwerer, einen neuen Hustenanfall zu unterdrücken. Seit gestern hatte er das Gefühl, dass Fieber dazu gekommen war. Immer wieder hatte er Anfälle von Schüttelfrost.

Als er seine Wohnung verlassen musste, hatte er sich vorgenommen, die nächsten zwei Jahre abzuwarten, um zu sehen, ob sich das Leben so noch lohnte. Aber so wie es aussah, würde er, selbst wenn er es wollte, schon den ersten Winter nicht überleben.

Er hatte grosse Mühe mit dem Gehen. Mittlerweile brannte das ganze rechte Bein und er konnte kaum noch auftreten. Er blieb stehen und fing an zu rechnen.

Es war etwas mehr als zwei Wochen her. Er war in den Park gegangen. Er mochte diesen sehr wegen der grossen Wiese, die durch Schotterwege in verschiedene Bereiche geteilt war. Selbst im Sommer, wenn Familien aus der ganzen Umgebung den Park bevölkerten, hatte er immer einen Platz gefunden, um sich zurückzuziehen.

Die Bäume hatten bereits den grössten Teil des Laubs verloren und nachts war es bereits empfindlich kalt. Aber an diesem Nachmittag schien die Sonne. Sie kam gut durch das laublose Astwerk durch und hatte sogar die Parkbank erwärmt, auf die er sich gesetzt hatte. Es war richtig angenehm gewesen, in der Sonne zu sitzen, nicht so kalt wie in den letzten Tagen. Er wollte die Zeitung lesen, die er zuvor aus einem Abfalleimer gefischt hatte. Er schaute noch eine Weile ein paar Jungs zu, die sich mit Baseball die Zeit vertrieben. Sie schlugen sich gegenseitig einen kleinen roten Ball zu. An den konnte er sich noch genau erinnern. Komisch, an was man sich erinnert. Von den Burschen hatte er sich nicht ein Gesicht gemerkt. Er hatte auch nicht bemerkt, dass ausser ihnen niemand im Park war. Und er hatte auch nicht bemerkt, dass die Parkbank, die er sich ausgesucht hatte, zwar an der Sonne, aber auch direkt an einem der Schotterwege lag.

Nachdem er ihnen eine Weile zugeschaut hatte, zog er die Zeitung, die er aus dem Müll genommen hatte, aus seiner Jackentasche. Er begann mit dem Durchblättern und war sehr zufrieden. Nicht oft konnte er eine Zeitung lesen, bei der noch alle Teile vorhanden waren. Aber dies war endlich wieder eine. Sogar der Spezialteil mit den Reisen war noch vorhanden. Den wollte er sich für den Schluss aufsparen. Er hatte mit dem Lesen des ersten Teils begonnen, als er sie mit ihren Mofas heranfahren hörte. Er hatte nicht mal den Kopf gehoben, als sie vorbeifuhren. Plötzlich krachte etwas auf sein rechtes Schienbein.

„Treffer! Du hast den Penner erwischt!", hatte einer dem anderen zugerufen.

Als er den Burschen hinterherschaute, sah er, dass der, der direkt an ihm vorbeigerast war, eine rote Jacke an hatte und den Baseballschläger in der Hand hielt.

Er war im Moment so perplex, dass er sich erst sein Bein anschauen musste, um zu glauben, was gerade passiert war. Während er vorsichtig das Hosenbein hoch zog, kam auch der Schmerz. Es war kein Traum, keine Täuschung gewesen. Eine faustgrosse Platzwunde blutete rechts entlang dem Schienbeinknochen. Er konnte sehen, dass die Schwellung unter dem geplatzten Bereich mit jedem Augenblick grösser wurde.

Es hatte nicht stark geblutet, was ihm sehr gelegen kam. Er hatte ja nicht mal mehr ein Taschentuch, mit dem er das Blut hätte wegwischen können. So wie er es sah, gab das zwar einen grossen Bluterguss, aber gebrochen war nichts. Das würde sich sicher von alleine wieder erledigen.

Bis jetzt hatte es sich nicht erledigt. Das Bein heilte nicht ab, im Gegenteil es wurde mit jedem Tag schlimmer. Es hatte sich um die Wunde ein roter Kranz gebildet, der so empfindlich war, dass er ihn nicht berühren konnte.

Er hatte sich heute den ganzen Tag in verschiedenen Kaufhäusern aufgehalten, von denen er wusste, dass sie Sitzgelegenheiten hatten. So hatte er sich immer wieder etwas aufgewärmt und konnte sein Bein schonen.

Aber jetzt kam er nur langsam voran. Er hatte das Ende der Brücke erreicht und wollte möglichst schell an das andere Ende dieses Quartiers kommen. Er kannte dort einige Mehrfamilienhäuser, die im Jugendstil gebaut waren und Hintereingänge zu den Kellerräumen hatten, die oft nicht abgeschlossen waren.

Er hatte mittlerweile ein Lieblingshaus, das bis jetzt immer offen gewesen war. Hinter dem Kellereingang hatte es vor den eigentlichen Kellerräumen eine kleine Nische, in die er sich zurückziehen konnte. Er fühlte sich in dieser Ecke sehr geschützt und konnte nicht sofort entdeckt werden, falls wirklich mal jemand in der Nacht in den Keller kam. Aber vor allem, keiner der Hausbewohner hatte einen Hund!

Die waren immer das grösste Problem. Häuser mit Hunden konnte man vergessen.

Er überlegte sich, welcher der kürzeste Weg zu seinem Haus war. Am besten war es, wenn er weiter dieser Strasse folgte.

Er musste sich aber erst auf die Bank setzen, die neben ihm stand. Ein Hustenanfall und eine Welle von Schüttelfrost zwangen ihn dazu.

Als der Anfall vorüber war, versuchte er aufzustehen. Er hatte Mühe auf die Beine zu kommen, denn von der Kälte waren seine Glieder ganz steif und sein rechtes Bein war bis zu den Zehen angeschwollen. Sein Fuss schmerzte zwar nicht sonderlich, aber er war irgendwie taub. Er hatte das Gefühl, dass sein rechter Schuh demnächst platzen würde.

Im Moment regnete und stürmte es zugleich. Der Regen wehte ihm ins Gesicht und verspritzte seine Brille. Er hatte Mühe, etwas zu erkennen.

Er ging langsam die Strasse entlang. Er würde an der Buchhandlung „Treff-Punkt" vorbeigehen müssen, um einen Umweg zu vermeiden. Es war ihm sehr unwohl bei diesem Gedanken. Wieso hatte er sich dazu hinreissen, das Buch aus dem Laden mitzunehmen? Er hatte bis dahin noch nie etwas mitlaufen lassen, ausser, dass er sich, seit er auf der Strasse lebte, ab und zu etwas zu essen von den Ständen vor den Lebensmittelgeschäften nahm. Das lief seiner Meinung nach nicht unter „Stehlen".

Das Buch war ganz neu herausgekommen. Eine Reportage über China. Er hatte noch nie so ausdrucksstarke Bilder gesehen, vor allem war das, was er an Text überflogen hatte, einfach genial.

Aber dass er sich auch noch hatte erwischen lassen! Er war fest davon überzeugt gewesen, dass Frau Dera, die Besitzerin des Buchladens, nichts mitbekommen hatte. Er hatte sich das Buch in das schmale Rückenfach seines Rucksacks gesteckt, während sie im vorderen Teil des Ladens einen Kunden beriet. Sie war ganz in die Internetsuche eines Buchtitels vertieft, als er den Laden verliess. Er hatte schon geglaubt, es hätte alles geklappt. Aber kaum war er ein paar Meter vom Laden entfernt, hörte er, wie die Ladentür aufging und Frau Dera hinter ihm herrief. Er rannte davon, ohne sich umzudrehen. Er rannte nur ein kurzes Stück auf der Strasse, an welcher der Buchladen lag, dann bog er in eine Seitenstrasse ab. Er wechselte noch ein paar Mal die Richtung bis er in einer kleinen Gasse anhielt. Sie hatte ihn zwar nicht erwischt, aber sie wusste, dass er ihr Buch gestohlen hatte.

Er bereute mittlerweile, dass er dieser Versuchung nicht hatte widerstehen können. Er war immer gern in den Laden gegangen. In der hinteren Ecke des Ladens standen mehrere Sessel und er hatte sich dort während ganzer Nachmittage Bücher angesehen. Frau Dera hatte ihn nie gedrängt, den Sessel auch mal wieder zu räumen.

Er war noch zweimal an der Buchhandlung vorbeigekommen und jedes Mal war sie zur Tür herausgekommen, hatte nach ihm gerufen und war ein Stück hinterhergegangen. Danach hatte er immer einen grossen Bogen um diesen Ort gemacht.

Jetzt musste er wieder an diesem Laden vorbei. Zwei Häuser bevor er den Laden erreichte, hatte er wieder einen Hustenanfall. Er kriegte kaum noch Luft und musste sich an die Hauswand lehnen, um nicht umzukippen. Ein rasselndes Geräusch beleitete jeden Atemzug. Er sah sich das Stück Weg an, das er bis zur Kreuzung zu gehen hatte. Dort hatte er dann den Laden hinter sich und es war nur noch ein kleines Stück die Seitenstrasse hoch bis zu dem Hintereingang seines Hauses.

Er richtete sich ein wenig auf und ging zügig am Buchladen vorbei. Doch ein Haus weiter musste er schon wieder stehenbleiben und sich an die Hauswand lehnen.

Er versuchte, tief durchzuatmen.

Er hörte noch das Geräusch eines Schlüssels, danach wurde ihm schwarz vor Augen.

Sie schloss den Bücherladen ab und eilte in Richtung Kreuzung. Es goss in Strömen. Ein Haus weiter stand ein Mann an der Hauswand angelehnt und rang nach Luft.

„Herr Siedler!"

Sie hatte ihn noch erkannt, bevor er vornüberkippte. Sie schaffte es noch, ihn so zu unterlaufen, dass er auf ihren Rücken kippte und sie ihn festhalten konnte, ohne dass er zur Seite fiel.

Sie hatte Mühe ihn zu halten, denn sein Mantel war völlig nass und sie rutschte beim Greifen immer ab. Zudem hatte er einen Rucksack an, der es ihr unmöglich machte, ihn sinnvoll fixieren zu können.

„Auch das noch!"

Es blieb ihr nichts anderes übrig, als seine Arme von hinten über ihre Schultern zu legen, sie vor ihrer Brust zu greifen. Ausgerechnet jetzt wurde der Regen sintflutartig. Er war so fürchterlich nass überall, dass sie immer wieder abrutschte.

Sie überlegte einen Moment, was sie jetzt tun sollte.

„Bei dem Regen am besten nach Hause!"

Sie lief so schnell es mit ihm auf dem Rücken ging, bog bei der Kreuzung links ab und folgte dieser Strasse noch ein kleines Stück.

„Einfach weiter laufen! Bloss nicht los lassen!"

Sie schleifte ihn durch den Vorgarten eines kleinen Backsteinhauses und blieb unter dem Vordach stehen. Sie musste sich erst an die Tür lehnen und durchatmen, bevor sie in der Lage war, die Tür aufzuschliessen.

Sie brachte ihn in das Zimmer rechts neben dem Eingang. Das Bett stand frei in der rechten Hälfte des Raumes. Sie blieb an der linken Bettseite stehen und rollte ihn vorsichtig in die Mitte des Bettes ab. Das war gar nicht so einfach, denn dieser grosse Rucksack verkomplizierte diesen Vorgang beträchtlich.

Danach warf sie schnell ihre nassen Schuhe und die völlig aufgeweichte Jacke in den Flur. Bei ihrer Jacke war einzig der Rücken trocken geblieben, da war er ja schliesslich drauf gelegen.

Schnell zog sie ihm seine nassen Schuhe und den Mantel aus, denn die begannen bereits das Bett zu durchnässen. Als sie ihm den rechten Schuh auszog, stöhnte er auf.

Sie zog ihm seine Wollmütze aus und legte seine Brille auf den Tisch neben dem Bett.

Seine Stirn war glühend heiss und ein rasselndes Geräusch beleitete jeden Atemzug.

Vorsichtig zog sie ihm seinen Pullover und seine Hose aus. Als sie das rechte Hosenbein über den Fuss zog, sah sie den Handteller grossen Abszess.

„Um Gotteswillen ...", kein Wunder, dass er aufgestöhnt hatte, als sie ihm die Schuhe ausgezogen hatte. Sie deckte ihn zu und ging in die Küche.

„Klaus, guten Abend. Gut, dass ich dich erreiche. Ich habe hier einen Patienten mit hohem Fieber, wahrscheinlich einer Lungenentzündung und einem riesigen Abszess am rechten Schienbein. Kannst du vorbei kommen? ... Er ist vor meinem Bücherladen zusammen gebrochen ... Ja, ... bis gleich."

Sie ging zurück ins Zimmer und setzte sich neben ihn. Seine Glatze war umrandet von einem Kranz verfilzter, fingerlanger, dünner Haare.

„Die haben schon lange keinen Kamm mehr gesehen."

Sein Gesicht war unrasiert und die Stoppeln hatten, während sie ihn hierher schleifte, unangenehm in ihrem Genick gekratzt.

Das bringt's nicht, beschloss sie, ging ins Bad und kam mit einem Rasierer zurück.

„Die stören sowieso nur beim Waschen". Sie schnitt kurzer Hand den Haarfilz auf ein paar Millimeter zurück.

„Sieht doch schon viel besser aus", meinte sie zufrieden.

Sie stellte das Kopfteil des Bettes höher ein, denn es war nicht zu übersehen, wie schwer er es hatte, genug Luft zu bekommen.

Sie schaute ihn ein wenig genauer an. Vielleicht war es nur durch die Krankheit gekommen, aber er war wesentlich dünner geworden, seit sie ihn das letzte Mal gesehen hatte.

„Willst du ihn hier behalten oder soll ich ihn ins Krankenhaus einweisen?"

Klaus hatte seine Untersuchung abgeschlossen.

„Du brauchst ihn nicht einweisen zu lassen."

„Kennst du ihn?"

„Nicht wirklich. Ein Kunde. Früher hat er öfters Bücher bei mir gekauft. Wir haben uns dann ab und zu unterhalten. Er soll arbeitslos geworden sein durch die grosse Entlassungswelle letztes Jahr. Und soviel ich von anderen Kunden gehört habe, ist er seit diesem Frühling obdachlos."

„Dann behältst du ihn hier?"

„Ja. Morgen ist Sonntag. Und am Montag ist der Laden geschlossen. Ich habe also Zeit. Und ich habe auch noch etwas mit ihm zu besprechen."

„Da wirst du aber noch einen Moment warten müssen."

Beide lachten.

„In dem Fall öffne ich den Abszess jetzt. Assistierst du mir? So wie früher?"

„Gerne."

Es machte ihr Spass, Klaus zu helfen. Sie kannten sich schon seit ihrer Kindheit. Er war etwas jünger als sie und sah mit seinen dunklen Haaren und seinem stets fröhlichen Gesichtsausdruck noch immer aus wie ein zu gross geratener Schuljunge.

Er war immer für sie da gewesen, besonders in ihrer schweren Zeit.

Sie bereiteten alles vor.

„Das Bein ist so geschwollen, dass ich ohne Betäubung den Abszess öffnen muss. Halt ihn fest, wenn ich schneide."

Sie nahm seine Hände in ihre eine Hand und fixierte mit der anderen so gut es ging sein rechtes Bein.

„Schon passiert. Offen."

Beim Schnitt war er nur kurz zusammengezuckt, aber er bekam dadurch einen fürchterlichen Hustenanfall.

Eine grosse Menge Eiter lief in ein vorbereitetes Tuch und ein übler Geruch machte sich im Zimmer breit. Klaus reinigte die Wunde und legte einen Schlauch in die Öffnung der Wunde, so dass, falls sich neue Flüssigkeit bildete, diese ablaufen konnte. Danach verbanden sie gemeinsam das Bein.

„Wegen der Lungenentzündung und der offenen Wunde wäre ein Tropf mit Antibiotika nicht schlecht. Zudem bekäme er dadurch noch etwas mehr Flüssigkeit. Aber das lässt sich wohl hier schlecht machen."

Sie sah sich um.

„Moment."

Sie nahm sich einen Kleiderbügel, legte ihn aufs Regal über dem Bett, so dass der Haken nach vorne zeigte, packte eine paar schwere Bücher auf den Bügel und drehte den Haken so, dass sich bequem ein Tropf einhängen liess.

„Passt das?", fragte sie.

„Perfekt."

Er führte die Kanüle in den linken Arm ein, schloss den Tropf an und hängte diesen an den Bügel.

„Ich lasse dir drei Packungen da, damit du, wenn dieser Tropf leer ist, einen neuen anhängen kannst. Das sollte bis morgen reichen. Morgen komme ich wieder vorbei, um zu sehen, wie's geht. Er hat sehr starkes Fieber. Kannst du ihm Wickel oder so was machen?"

„Ich denke, ein ‚Cold-Pack' aufs rechte Bein, wegen der offenen Wunde und ein Essigwickel aufs linke."

„Dann ist der Arme bald tiefgekühlt! Im Ernst, falls das Fieber noch steigen sollte, ruf sofort an!"

Sie begleitete ihn zur Türe.

„Vielen Dank und grüsse zu Hause."

„Sag ich gerne. Bis Morgen."

Es goss immer noch in Strömen. Er öffnete den Schirm und schritt schnell durch den Vorgarten. Sie sah ihm nach, bis sein Auto zwischen den Häusern verschwand.

Sie stellte sich den Wecker. Ihm Stundentakt wechselte sie die Wickel. Jedes Mal, wenn sie ihm einem neuen kalten Wickel und das ‚Cold-Pack' um die Beine legte, stöhnte er auf.

„Gemein, aber nützlich."

Sie konnte sich noch gut erinnern, dass sie als Kind einmal fürchterlich Fieber hatte und ihre Mutter sie mit diesen lästigen Essigwickeln behandelt hatte. Jedes Mal, wenn sie die Wickel wieder schön warm geschwitzt hatte, stand ihre Mutter mir einem neuen, kalten Paar da.

Draussen wütete während der ganzen Nacht ein stürmischer Regen.

1. Advent

Bis zum nächsten Morgen war das Fieber nicht weiter gestiegen, sogar ein wenig gesunken. Die Hustenanfälle schüttelten ihn jedoch noch immer jedes Mal durch, aber sie kamen wenigstens nicht mehr so häufig.
Sein Gesicht hatte nach wie vor diesen fiebrigen Ausdruck. Als sie die Decke anhob, um nach dem Bein zu sehen, sah sie, dass sein Unterhemd völlig durchgeschwitzt war. Man konnte es gestern schon nicht als sauber bezeichnen, aber jetzt war es definitiv reif für den Wäschekorb. Sie hatte sich im Sommer ein paar Herren-T-Shirt für die Hausarbeit gekauft. Die müssten eigentlich passen. In seinem Rucksack wollte sie lieber nicht nachsehen. Denn erstens war es seiner und zweitens wusste sie nicht, was sie da drin erwartete.
Sie zog ihm das Unterhemd aus, wusch ihn warm ab und zog ihm eines ihrer T-Shirts über. Sie musste ein wenig zirkeln, damit die Kanüle nicht im Stoff hängen blieb. Er liess alles mit sich geschehen, und sie hatte nicht das Gefühl, dass er sie wahrnahm.
Klaus war vorbeigekommen und hatte ihr zwei weitere Packungen gebracht, um den Tropf zu erneuern.
„Wenn die durchgelaufen sind und das Fieber weiter sinkt, kannst du ihm die Kanüle entfernen."
Sie half ihm das Bein neu zu verbinden.
„Ich lasse dir Wundreinigungsmittel da. Reinige das Bein zwei Mal pro Tag, damit der Verband nicht festklebt. Sonst sieht das Ganze hier ja sehr gut aus. Ich denke, dass ich am Dienstagabend wieder vorbeischaue. Aber du meldest dich, falls was ist."
„Mach' ich."
„Oh, das hätte ich fast vergessen. Sabine hat mir eine Liste mit Büchern mitgegeben, für die Kinder, Verwandte und so. Schon für Weihnachten. Kannst du sie bestellen?"

Sie schaute sich die Liste an. Bestens, jeder Buchtitel war mit einer ISBN-Nummer versehen.

„Kein Problem. Das mach' ich gerne."

„Sabine wird sie in etwa einer Woche abholen."

„Prima. Dann sind sie längstens da."

Sabine bestellte immer wieder Bücher bei ihr. Ihre Kinder, Jan und Natalie, gehörten zu der immer kleiner werdenden Gruppe der Vielleser.

Sie begleitete Klaus zur Tür.

Als er hinausging, pfiff ihm ein eisiger Wind um die Ohren, aber wenigstens hatte es aufgehört zu regnen.

Im Verlaufe des Morgens hatte sie die Abstände zwischen den neuen Wickelpackungen immer grösser werden lassen und ab Mittag hatte sie diese ganz weg gelassen. Sie hatte ihm geholfen, etwas Tee zu trinken, aber er war danach völlig erschöpft und schlief sofort wieder ein.

Im späteren Nachmittag war der letzte Tropfbeutel fertig durchgelaufen und sie entfernte ihm die Kanüle und wechselte den Verband an seinem Bein.

Danach ging sie durch den kleinen Flur in ihre Wohnküche. Die Küche und die Stube waren ein grosser rechteckiger Raum. Der Küchenteil war durch eine Anrichte vom hinteren Wohnbereich getrennt. Auf der Anrichte stand ein grosses Adventsgesteck, das in einer rechteckigen Metallschale arrangiert war. Das Gesteck hatte vier weisse grosse Kerzen, war in Silber gehalten und mit einigen Glaskugeln etwas aufgelockert.

Ein kleineres Gesteck im gleichen Stil, aber nur mit einer Kerze stand auf ihrem langen Küchentisch.

Eigentlich war der Küchentisch für sie viel zu gross, erst recht seit sie alleine war. Aber er hatte den Vorteil, dass immer eine Dekoration auf ihm Platz fand. Sie liebte es zu dekorieren und ein Tisch ohne ein Arrangement darauf war für sie nicht fertig gedeckt.

Sie machte sich einen Kaffee, zündete die Kerze auf dem Tisch und die erste Kerze am Adventsgesteck an. Sie holte sich das Buch, das sie sich gestern aus dem Laden mitgenommen hatte. Sie machte es sich in der Küche bequem und vertiefte sich in ihr Buch.

Schliesslich war heute der erste Advent.

Abends wechselte sie noch einmal den Verband. Das Bein sah schon viel besser aus, längst nicht mehr so rot und geschwollen wie gestern Abend.

Er war schon wieder eingeschlafen und sie blieb noch einen Moment auf dem Bettrand sitzen. Da er die letzte Nacht und auch den ganzen Tag über sehr geschwitzt hatte, war die spontane Haarrasur ein Segen. Ihn zu waschen war so viel einfacher gewesen und das Beste war, dass sie ihn gut trocken reiben konnte. Seine Hustenanfälle kamen seit dem Nachmittag weniger häufig und hielten auch nicht mehr so lange an.

Seltsam, jetzt war er doch hier. Aber er war auf eine ganz andere Art hierher gekommen, als sie sich das vorgestellt hatte.

Er wachte in der Nacht auf. Er hörte, dass es draussen regnete, aber erkennen konnte er nichts. Selbst im Liegen schmerzten ihn alle Glieder. Er fühlte sich völlig schlapp. Nur schon sich zur Seite zu drehen, hatte ihn geschafft. Nach ein paar Minuten schlief er wieder ein.

Montag

„Guten Morgen."

„Guten Morgen", seine Stimme war sehr belegt und er musste sich räuspern.

„Wie geht es?"

„Besser. Danke ... Können Sie mir sagen, wo meine Brille ist, ich bin nämlich ohne sie fast blind."

„Hier, bitte."

Erst jetzt erkannte er sie, und sie musste über sein verdutztes Gesicht lachen.

„Ich sollte dringend zur Toilette."

Sie half ihm, sich auf die Bettkante zu setzen. Sie musste ihn halten, damit er nicht wegkippte.

„Bleiben Sie einen Moment sitzen, dann helfe ich Ihnen hoch. Halten sie sich an mir fest. So, langsam hoch." Ihm wurde schwindelig als er stand, aber sie hielt ihn fest. Nachdem er ein paar Augenblicke nur gestanden war, ging es ihm besser.

Nach dem Toilettengang war er fix und fertig. Von der Anstrengung schlotterte er am ganzen Körper.

Als er wieder im Bett lag, legte sich das langsam wieder.

„Ich wechsle Ihnen gleich noch den Verband".

Vorsichtig nahm sie sein rechtes Bein und löste mit ein paar Handgriffen den alten Verband. Er sah, dass ein kleiner Schlauch in sein Bein eingeführt war.

„Wozu ist der Schlauch?", fragte er.

„Damit der Eiter, der vorhanden war, raus konnte. Und allenfalls neue Flüssigkeit ablaufen kann."

Sorgfältig reinigte sie sein Bein und begann es neu zu verbinden.

Er sah sie genauer an, während sie sein Bein verband. Sie hatte gerade braune Haare, die bis in den Nacken stufig geschnitten waren. Am Haaransatz ihres Mittelscheitels hatte sie einen Wirbel. Der hatte dazu geführt, dass sich eine Haarsträhne auf die falsche Seite bewegt hatte.

Es war sehr angenehm, wie sie sich um ihn kümmerte, und er genoss es. Er konnte sich nicht erinnern, wann dies das letzte Mal der Fall gewesen war.

Sie fixierte das Ende des Verbandes mit einem Klebstreifen und legte das Bein sachte ab.

„Fertig", sagte sie zufrieden.

„Danke."

„Bitte, gern geschehen."

„Ich möchte mich nicht nur für den Verband bedanken, sondern dass ich hier sein darf."

„Schon gut. Sie haben ein Zimmer nötig und hier ist eines frei."

In ihrer schlaksigen Art erschien die Antwort völlig selbstverständlich.

„Bevor ich Sie wieder schlafen lasse, habe ich noch eine Bitte. Ich bin es nicht gewohnt, zu meinen Mitbewohnern Sie zu sagen."

„Sie haben mehrere?"

Sie lachte.

„Nein, nur jeweils einen aufs Mal."

Sie hielt ihm ihre Hand hin.

„Ich heisse Kati. Eigentlich Katrin. Aber so nennt mich keiner."

„Mathias."

Mathias verschlief den ganzen Morgen und wachte erst nachmittags wieder auf, als Kati an die Tür klopfte.

„Möchtest du etwas essen? Du hast schliesslich seit mindestens vorgestern nichts mehr gegessen."

Als Kati ihn darauf ansprach, merkte er, dass er wirklich Hunger hatte.

„Gerne."

„Ich mach dir eine Suppe. Mit etwas Brot ist das vielleicht ein guter Einstieg."

Sie ging aus dem Zimmer.

Es war für Mathias immer noch unverständlich, dass er hier in ihrem Zimmer war.

24

Sie hatte bis jetzt auch noch keinen Ton gesagt wegen des Buchs. Er schaute sich um. Das Zimmer war gross. Ein Schrank, ein Tisch und ein Bett. Das Bett stand frei im Raum, erdrückte diesen aber in keiner Weise. Neben der Tür befand sich ein Bücherregal, aber er konnte auf diese Distanz nicht erkennen, welche Bücher sie dort hatte.

Kati kam mit einem Tablett mit Suppe und Brot herein.

„Bleib besser im Bett. Du hast nichts Langes an und auf die Dauer wird es hier am Tisch etwas kühl."

Sie stellte Mathias das Tablett vorsichtig auf die Beine und setze sich auf die Bettkante.

„Das Tablett halte ich lieber fest, sonst kriegen wir hier noch einen See."

„Und du? Hast du schon gegessen?"

„Es ist nachmittags um drei. So lange halte ich's ohne Essen nicht aus!", lachte Kati.

„Ich hab schon gegessen."

Sie hielt ihm das Tablett.

„Ich koche uns heute Abend noch etwas Warmes. Wie wär's mit Reis und Gemüse, als Einstieg in die warme Küche?"

„Gern."

„Wir können dann hier am Tisch zusammen essen. Hast du einen Pyjama oder einen Trainer in deinem Rucksack? Sonst wird es zu kalt."

„Nein." Mathias schüttelte den Kopf.

„Ich muss gleich noch einkaufen, dann bring ich dir einen mit. Hier sind noch deine Medikamente."

Bis jetzt hatte Kati sie Mathias gegeben, aber das konnte er jetzt alleine. Sie zeigte ihm, wie viel er von welchen nehmen musste.

„Ich bin vorne in der Küche. Wenn du etwas brauchst, ruf mich", sagte Kati.

Kati nahm das Tablett und verschwand durch die Tür.

Mathias genoss es, im Bett zu liegen. Solange er im Bett lag, fühlte er sich schon viel besser. Sobald er aber auf den Beinen stand, hielt das Glücksgefühl nicht lange an.

Den Toilettengang schaffte er mittlerweile alleine, aber er war jedes Mal froh, wenn das Bett wieder in Sichtweite kam.

Er machte die Augen zu. Nimm's, wie es ist. Mathias zog sich die Decke ins Gesicht und drehte sich zur Seite.
Er verschlief den restlichen Nachmittag.

Kati brachte ihm einen Pyjama und ein paar Socken. Sie meinte, die Socken seien zwingend anzuziehen, bei dem kalten Fussboden.
Danach verschwand sie Richtung Küche, um das Abendessen zu kochen.
Kati zog den quadratischen Tisch ein wenig in die Zimmermitte. Sie brachte einen zweiten Stuhl aus der Küche und deckte den Tisch.
„So, wir können essen."
Mathias stand auf und nahm am Tisch platz. Sie sassen ums Eck nebeneinander.
Sie assen schweigend. Kati wusste nicht so recht, was sie sagen sollte.
Mathias hatte zwar Hunger und ass auch seinen Teller leer, aber wohl war ihm nicht dabei.
„Es tut mir leid", sagte er plötzlich.
„Was?" Kati sah ihn verunsichert an.
„Die Sache mit den Buch."
„Welchem Buch?"
„Das Buch, das ich dir aus dem Laden gestohlen habe."
„Du hast ein Buch aus dem Laden mitlaufen lassen?", fragte Kati überrascht.
„Ja."
Mathias stand auf und ging zu seinem Rucksack, der immer noch neben dem Schrank stand, wo Kati ihn hingestellt hatte.
Umständlich holte er aus einem Fach des Rucksacks einen Plastiksack, aus dem er ein Buch hervor zog.
„Entschuldige bitte."
Mathias hielt ihr das Buch entgegen. Es war nicht zu übersehen, wie peinlich ihm das Ganze war.
„Das hatte ich gar nicht bemerkt", sagte Kati verwundert.
„Aber du bist mir doch deswegen nachgelaufen!"
„Wegen des Buchs?"

Sie schaute Mathias fragend an. Kati drehte das Buch in der Hand.

„Ich habe das Buch zwar einmal gesucht, doch ich dachte mir, ein Kunde hat es sicher falsch weggestellt."

Sie schaute Mathias nachdenklich an. Er sass zusammengesunken am Tisch.

„Hast du das Buch mitgenommen, als ich das erste Mal hinter dir hergerufen habe?"

Er nickte betroffen.

„Ich bin zwar hinter dir hergelaufen, aber aus einem völlig anderen Grund."

Jetzt sah Mathias sie fragend an.

„Ich hatte keine Ahnung, dass du das Buch mitgenommen hast und war ganz überrascht, als du weggelaufen bist. Ich konnte mir keinen Reim darauf machen."

Kati legte das Buch zur Seite.

Mathias sass immer noch zusammengesunken am Tisch.

„Mathias, ich bin nicht wegen des Buchs hinter dir hergelaufen, sondern weil ich dich etwas fragen wollte."

Sie musste schmunzeln.

„Ich hatte von Kunden gehört, dass du arbeitslos geworden bist durch die Entlassungswelle im Metallwerk. Im Frühling erzählte mir ein anderer Kunde, dass er gehört habe, du wärst jetzt obdachlos. Und da wollte ich dich fragen, ob du dir vorstellen könntest, in der Buchhandlung mitzuarbeiten und hier in diesem Zimmer zu wohnen."

Mathias sass ganz benommen da. Erstens merkte er, dass ihn das Sitzen mehr anstrengte, als er gedacht hatte. Aber vor allem konnte er gar nicht glauben, was er soeben gehört hatte.

Ihm wurde auf einmal kalt und er begann zu schlottern.

„Du bist ja ganz weiss im Gesicht. Leg dich lieber wieder hin. Nicht dass du mir vor Anstrengung vom Stuhl kippst."

Mathias legte sich ins Bett. Es war ihm immer noch kalt, aber das Schlottern liess langsam nach.

„Geht's besser?"

„Ja. Sobald ich liege, hört das Zittern langsam wieder auf."

Mathias schluckte. Er hatte einen ganz trockenen Mund.

„Und ich dachte, du wärst wegen des Buchs hinter mir her."

Seine Stimme war ganz belegt. Kati hatte dies bemerkt.

„Möchtest du etwas Tee?", fragte Kati.

„Gerne."

Sie füllte ihm ein Glas und reichte es herüber.

„Wie gesagt, von dem Buch habe ich nichts gewusst. Es ging nur darum, ob du hier wohnen und im Buchladen arbeiten möchtest?"

„Wie kommst du auf die Idee?", fragte er skeptisch.

„Weißt du, ich habe das schon einmal gemacht, mit jemandem hier gewohnt und drüben in der Buchhandlung zusammen gearbeitet. Das heisst, nicht ich habe ihn, sondern Sebastian hat mich hierher geholt."

„Sebastian?"

„Es wird wohl das Beste sein, ich erzähle dir die ganze Geschichte. Dann weißt du wenigstens, auf was du dich da allenfalls einlässt", sagte Kati lächelnd.

„Das dauert aber einen längeren Augenblick. Meinst du, du schaffst das?"

„Solange ich liegen kann, geht es."

Kati nahm sich einen Stuhl und setzte sich neben das Bett.

„Am besten erzähle ich ganz von vorn.

Stefan und ich waren schon während unserer Schulzeit zusammen. Wir wohnten im gleichen Quartier am Rande der Stadt.

Obwohl wir für eine Beziehung sehr jung waren, war für uns klar, dass wir heiraten. Ich weiss nicht, wie ernst unsere Eltern unsere Beziehung genommen haben, aber sie haben sich nie etwas anmerken lassen und haben uns von Anfang an unterstützt.

Wir hatten natürlich grosse Pläne. In der Schule wurde ein Projekt, das so genannte betreute Wohnen für Behinderte, erwähnt. Diese Art des Wohnens war damals neu. Wir wussten sofort, so etwas wollten wir machen. Einen eigenen Hof oder Betrieb mit Wohnungen und Therapiemöglichkeiten. Stefan war mit einem spastisch gelähmten Jungen befreundet. Für ihn gab es damals kaum eine Möglichkeit, selbständig zu wohnen und zu arbeiten. Eine solche Einrichtung wollten wir aufbauen.

Wir machten beide zwei Ausbildungen; er zum Mechaniker und Sozialarbeiter; ich zur Krankenschwester und Physiotherapeutin. Stefan wollte eine mechanische Werkstatt für Behinderte einrichten, und ich sollte für die Betreuung verantwortlich sein.

Nach unserer ersten Ausbildung haben wir geheiratet. Zwei Strassen von hier entfernt war unsere erste kleine Wohnung.

Hier haben wir Sebastian kennen gelernt. Er und seine Frau waren etwas älter als unsere Eltern. Den beiden gehörte der Buchladen. Wir waren oft in der Buchhandlung. Es dauerte nicht lange und wir waren befreundet."

Kati schmunzelte.

„Sebastian hat seinen Namen gehasst. In seiner Generation waren Namen in wie Klaus, Hans, Werner. Aber nicht Sebastian. Und als dann noch ‚Arielle, die Meerjungfrau' ins Kino kam, mit der roten Krabbe Sebastian, war er über seinen Namen untröstlich."

Kati wurde wieder ernst. Sie erzählte Mathias, wie sie und Stefan ihre zweiten Ausbildungen beendeten. Er zum Sozialarbeiter, sie zur Physiotherapeutin. Dass sie in ihren Berufen Erfahrungen sammelten und jeden Cent für einen eigenen Hof sparten. Nach fünf Jahren fanden sie einen geeigneten Hof ausserhalb der Stadt. Etwa 30 Kilometer von hier entfernt. Sie bewohnten nur zwei Zimmer des Hauses. Das ganze Haus wollten sie behindertengerecht umbauen.

„Wir hatten einige Hühner, Schweine, Pferde und Kühe vom Vorbesitzer übernommen.

Es war Ende August. Wir hatten den ganzen Tag Wände im Wohnhaus rausgeschlagen, um später einen Lift für die oberen zwei Etagen einbauen zu können.

Erst spät nachts sind wir ins Bett gekommen und sofort eingeschlafen. Wir wachten erst auf, als wir die Tiere schreien hörten.

Wir rannten ums Haus zum Stall, der direkt am Haus angebaut war. Die linke Stallhälfte mit dem grossen Scheunentor stand schon lichterloh in Flammen. Wir rannten durch eine kleine Seitentür in den Stall und versuchten die Tiere durch diese Tür nach draussen zu bringen. Das war gar nicht so einfach, denn die Tiere waren gewohnt, durchs grosse Tor

rein und raus zu gehen. Wir hatten schon einige Tiere draussen und wollten die letzten holen. Stefan ging in den hinteren Teil des Stalls, wo die Pferde standen. Das Feuer war dort eigentlich noch nicht so schlimm. Ich zog gerade eine Kuh weg, die den Eingang versperrte, als es hinten krachte."
Mathias sah Kati an, dass es ihr nicht leicht fiel, weiter zu erzählen.

Sie sass einen Moment in sich versunken da.

„Ein Träger des Dachbodens war geschmolzen und hatte das Gewicht der Strohballen, die dort gelagert waren, nicht mehr gehalten. Er zog den ganzen Dachstuhl bis zum Haus mit sich. Stefan wurde vom eingestürzten Dach erschlagen.
Unsere Telefonleitung war durch das Feuer unterbrochen. Handys waren leider erst im Aufkommen. Wir hatten keines. Bis unsere Nachbarn das Feuer sahen und die Feuerwehr ankam, waren der Stall und das Haus völlig abgebrannt. Man stellte später fest, dass ein Kurzschluss im Stall den Brand ausgelöst hatte.
Es war nichts mehr übrig. Aber auch gar nichts mehr. Das Feuer hatte nicht nur Stefan, sondern auch sämtliche Erinnerungen verbrannt."
Kati schluckte. Fast mechanisch erzählte sie weiter, wie leer sie sich gefühlt hatte, wie innerlich ausgehöhlt. Dass dieses Gefühl noch intensiver wurde als sie realisierte, dass ausser den Kleidern, die sie anhatte, nichts übrig geblieben war. Dass sie nicht weg wollte, als ein Polizist vorschlug, sie in ein Hotel zu bringen.
„Zum Hof gehörte eine Lagerhalle. Sie sollte unsere Werkstatt werden. Da die Halle ein Stück abseits stand, war sie vom Feuer verschont geblieben. Dort habe ich mich in eine Ecke gesetzt und mir die Trümmer angesehen. Ich hatte das Gefühl, mir immer wieder alles anschauen zu müssen, damit ich später glauben konnte, was hier passiert war. Plötzlich sass Sebastian neben mir. Ich weiss nicht, woher er wusste, was geschehen war. Sebastian brachte mich hierher. Er hatte kurz vorher seine Frau durch Krebs verloren und war auch alleine. Als Sebastian mich später fragte, ob ich hier bleiben möchte, habe ich gern zugestimmt. Bei ihm fühlte ich mich wohler als bei den Verwandten. Wir kannten uns, waren uns

auch nahe, aber nicht so nah wie die Familie. Sie hatten selber so mit ihrer Trauer zu tun, dass mir ihre Nähe mehr Mühe machte, als nützte."

„Du bist hier eingezogen?"

„Drüben ins andere Zimmer. Das Haus hat zwei Schlafzimmer, ein Wohnzimmer mit integrierter Küche und ein Bad. Und einen grossen Keller."

Kati rückte sich auf dem Stuhl zurecht.

„Sebastian und ich haben hier sieben Jahre zusammengewohnt. Als Freunde. Es war eine ganz besondere Freundschaft und er hat mir in dieser schweren Zeit enorm geholfen. Vor zwei Jahren ist er gestorben, und es war in Ordnung, als es soweit war. Er wünschte sich sehr, endlich zu seiner Frau gehen zu dürfen.

Nach dem Tod von Stefan wollte ich mit nichts mehr, was irgendwie mit unseren Zukunftsplänen zusammenhing, zu tun haben. Keine Krankenpflege. Keine Therapie.

Sebastian nahm mich mit in den Bücherladen und ich arbeitete dort während der letzten Jahre. Als er starb, habe ich den „Treff-Punkt" übernommen."

Sie lächelte Mathias traurig an.

„Du siehst also, es ist nicht das erste Mal, dass ich das Haus teile."

Ihr Lächeln nahm jetzt einen schelmischen Zug an.

„Seit Sebastians Tod hatte ich öfter Mitbewohner. Temporäre Mitarbeiter. Da ich mir keine super Löhne in der Buchhandlung leisten kann, ist das kostenlose Wohnen sehr beliebt. Und seit einiger Zeit versuchte ich dich zu fragen, ob du hier wohnen und drüben im Laden arbeiten möchtest?"

Mathias hatte einen Kloss im Hals. Seine Gedanken gingen hin und her.

So hatte er sich seine Zukunft nicht vorgestellt. Und schon gar nicht wieder abhängig sein!

Ein Zusammenleben hatte bis jetzt noch nie funktioniert. Er hatte bis jetzt allein gelebt und allein gearbeitet.

Sag etwas zu ihr, irgendetwas! Da war es wieder. Immer, wenn er in einem solchen Moment etwas sagen sollte, kriegte er keinen Ton raus!

Kati wartete eine ganze Weile, und es entstand eine peinliche Stille.

„Du brauchst mir ja nicht sofort eine Antwort zu geben", meinte sie verlegen.

Sie stand langsam vom Stuhl auf. Ihr taten alle Glieder weh. Sie musste sich beim Erzählen verkrampft haben. Und der Holzstuhl, auf dem sie gesessen war, war auch nicht einer der bequemsten.

„Es ist etwas spät geworden. Ich muss morgen früh raus, da eine Bücherlieferung früh ankommt. Ich lass dich schlafen und stelle dir ein Tablett mit Frühstück hier auf den Tisch, damit du nicht morgens schon durchs ganze Haus musst. So gut zu Fuss bist du ja doch noch nicht", sagte Kati schmunzelnd.

„Nimmst du Kaffee zum Frühstück?"

„Gerne."

„Gut. Dann mache ich etwas mehr und stell ihn dir im Thermoskrug dazu."

Kati war schon an der Tür, als sie sich noch einmal umdrehte.

Sie nahm sich das Buch vom Tisch.

„Hast du es eigentlich gelesen?"

„Nein", sagte Mathias betreten. Ihm war die Lust vergangen, als er das Gefühl hatte, dass er beim Klauen erwischt worden war.

Kati nahm einen Kugelschreiber vom Bücherregal, schrieb etwas ins Buch und gab es Mathias.

„So, gute Nacht und schlaf gut."

„Danke, und auch gute Nacht", sagte Mathias irritiert.

Sie lächelte Mathias noch einmal zu und ging aus dem Zimmer.

Mathias war ganz durcheinander. Er konnte das, was er eben gehört hatte, nicht einordnen Er war sich nicht im Klaren darüber, was er wollte.

Und er hatte es wieder einmal nicht fertig gebracht, etwas zu sagen. Einfach etwas.

Kati hatte ihn gefragt, ob er bleiben wolle und er hatte es nicht geschafft, ihr zu antworten!

Es musste doch nicht jedes Mal so werden wie damals.

Doch genau davor hatte er Angst.
Er nahm das Buch und blätterte auf die erste Seite:

Es gehört dir
Viel Freude beim Lesen
Kati

Kati öffnete die automatische Schiebetür vom „Treff-Punkt".
Sie war ganz schön zerschlagen. Sie hatte lange nicht einschlafen können und war in der Nacht immer wieder aufgewacht. Es war lange her, seit sie jemandem die Ereignisse
von damals erzählt hatte. Entsprechend aufgewühlt war sie
ins Bett gegangen.
Zudem konnte sie das Verhalten von Mathias nicht einordnen. Er hatte auf ihre Frage keine Antwort gegeben. Sie hatte das Gefühl, dass er lieber nicht bleiben wollte. Aber
„nein" hatte er nicht gesagt.
Mathias war Kati aufgefallen, als er vor längerer Zeit ein
Buch gekauft hatte und sie ins Gespräch gekommen waren.
Er hatte ein grosses Wissen, was fremde Länder betraf. Und
im Gegensatz zu ihr kannte er die dazugehörige Literatur.
Sie konnte mit Kulturbüchern einfach nichts anfangen.
Aber besonders mochte sie seine ruhige, zurückhaltende Art.
Sie konnte Leute, die sich aufdrängten nicht ausstehen. Aber
nach den gestrigen Abend war sie sich nicht mehr sicher, ob
er nicht zu zurückhaltend war. Ob seine Art überhaupt in den
Verkauf passte.
„Guten Morgen!"
Kati schreckte aus ihren Gedanken auf.
„Guten Morgen! Schon so früh?"

Der Chauffeur Peter Weber brachte die Lieferung mit den bestellten Büchern schwungvoll zur Tür herein. Kati war eine der ersten Kunden, die er auf seiner Tour beliefern musste.

Gut gelaunt verfrachtete er die Bücher in eine Ecke.

„Bin gut durchgekommen", sagte er fröhlich.

Wehe, wenn er in einen Stau gekommen war oder aus sonst einem Grund verspätet bei ihr ankam.

Dann flogen die Bücher mit lautem Krachen in die Ecke und sein Gruss kam einem unverständlichen Knurren gleich.

„Bis morgen!"

„Tschüs, Peter."

Kati schaute ihm nach wie er durch die Schiebetür verschwand.

Durch die automatische Schiebetür! Kati war ganz stolz auf diese Türe.

Sie hatte sie nach Sebastians Tod einbauen lassen. Er hatte sich immer gegen diese Tür gewehrt.

Vorher war der Eingang hinter die Fassade versetzt und nur über drei Stufen erreichbar.

Kati wollte die Türe direkt in die Fassade einbauen und so rollstuhlgängig machen.

Aber Sebastian fand immer, das sei nun doch nicht nötig.

Vielleicht hatte er in seinem Alter Angst vor dem Aufwand und Dreck gehabt, den so ein Umbau mit sich bringen würde. Damit hätte er nicht unrecht gehabt!

Es war eine Riesenschweinerei, welche die Handwerker während des Umbaus produzierten. Kati hatte zwar alle Bücher abgedeckt. Und als alles fertig war, hatte sie den Laden zigmal geschrubbt. Aber sie hatte das Gefühl, es komme immer noch Staub vom Umbau hervor.

Und dann die Schiebetür!

Kati hatte sie während der ersten Woche, nachdem sie montiert war, mehrfach verflucht. Sie hatte nicht einen Tag richtig funktioniert! Wenn sie morgens kam, kriegte sie die Tür schon gar nicht auf! Und tagsüber musste sie oft mit dem Schraubenzieher an die Automatik, um die Tür zu öffnen.

Nach dem zweiten Morgen fragte sie den Monteur entnervt, ob sie ihm den Kaffee für den nächsten Morgen schon bereitstellen soll.

Kati war völlig zerknirscht. Am fünften Tag baute der Monteur endlich ein neues Getriebe ein.

Und seitdem funktionierte die Tür einwandfrei.

Kati war glücklich, dass jetzt der Boden hinter der Türe sanft nach oben ging und so Rollstühle und auch Kinderwagen problemlos in den Laden kommen konnten. Und der Eingangsbereich wirkte viel grösser. Das hätte Sebastian sehen sollen!

Es waren viele der bestellten Bücher gekommen.

„Na, dann fangen wir mal an", sagte sie zu sich selbst und begann die Bücher einzuordnen.

Mathias stand langsam auf. Als er stand, merkte er, dass er längst nicht so fit war, wie er sich das im Bett vorgestellt hatte.

Er ging zum Tisch, auf dem Kati ein Tablett mit dem Frühstück hingestellt hatte. Er sah einen kleinen Zettel:

Guten Appetit!
Bis Mittag
Gruss
Kati

Mathias schauderte, aber dieses Mal wohlig. Er konnte sich nicht erinnern, dass ihm je jemand eine Notiz hinterlassen hatte. Aktennotizen, damals im Betrieb. Aber nicht so einen kleine Zettel, der ihm zeigte, dass jemand an ihn dachte.

Er nahm das Buch mit an den Tisch und begann zu frühstücken. Er ass die Brötchen, die sie ihm vorbereitet hatte, während er im Buch las.

Er hatte das Buch nicht mehr sehen wollen, nachdem er es aus dem Laden mitgenommen hatte. Besonders weil er davon ausgegangen war, sie hätte ihn erwischt. Im Nachhinein war es ihm peinlich, dass er sich zu so etwas hatte hinreissen lassen.

Aber jetzt war es ein Geschenk von Kati. Das machte die Sache anders.

Sie ist auch anders.

Nachdem Mathias fertig gefrühstückt hatte, kroch er schnell wieder ins Bett. Er las noch ein paar Seiten und schlief wieder ein.

„Hallo", rief Kati.

Mathias hörte sie auf sein Zimmer zugehen und schon streckte sie den Kopf zur Tür herein.

„Wie geht's?"

„So lange ich liege, ausgezeichnet!", gab er zur Antwort.

„Prima. Wenn du magst, mache ich uns eine Kürbissuppe. Die ist schnell gemacht und wir haben etwas Warmes im Bauch. Oh, da du noch liegst, kann ich dir noch dein Bein neu verbinden."

Kati hielt inne.

„Ich glaube, dass ist nicht so eine gute Idee. Ich hab von draussen noch eiskalte Hände."

„Mach ruhig. Mir macht das nichts aus."

„Wie du meinst. Ich wasch mir nur die Hände, dann komme ich zu dir."

Kati brachte das Verbandzeug mit und begann den alten Verband von Mathias' Bein zu lösen.

Als sie sein Bein in die Hand nahm, zuckte er doch zusammen. Ihre Hände waren wirklich eiskalt.

„Ich hatte dich gewarnt!", lachte sie.

Sie reinigte das Bein mit einer speziellen Flüssigkeit.

„Sieht sehr gut aus, dein Bein. Hast du es schon gesehen?"

„Nein. Bis jetzt noch nicht."

Er setzte sich im Bett auf und sah sich den Unterschenkel genau an. Der Fuss war nicht mehr geschwollen.

„Es läuft kaum noch Wundflüssigkeit nach. Klaus, der Arzt, der diesen Schlauch gesetzt hat, kommt heute Abend. Ich glaube, dass er dir den Schlauch wieder ziehen kann."

Mit ein paar Handgriffen verband Kati Mathias Bein neu.

„Du hast aber nichts verlernt. So schnell wie du das Bein verbunden hast."

„Ein wenig aus der Übung bin ich schon. Nach Stefans Tod wurde ich immer wieder für Vertretungen angefragt. Nach etwa drei Jahren habe ich dann das erste Mal zugesagt. Ich habe abwechselnd, so wie's kam, wieder in der Pflege und der Therapie gearbeitet. Immer nur ein paar Tage pro Woche.

Aber als es Sebastian schlechter ging, habe ich wieder ganz aufgehört mit der Therapie und der Krankenpflege.

So, ich geh in die Küche und mache die Suppe fertig."

Mathias zog sich einen Pullover über den Pyjama und ging zu Kati in die Küche.

„Gut, dass du kommst. Wir können essen."

Mathias setzte sich an den Tisch. Er sah sich um. Links neben dem langen Küchentisch war die Kochzeile, an die eine grosse Fensterfront anschloss. Rechts im hinteren Teil des Raumes stand ein Sofa an der Wand. Ein kleiner Tisch und zwei Sessel gegenüber. Der Raum war hell und gemütlich.

Kati zündete die Kerze auf dem Tisch und die erste Kerze im Adventsgesteck auf der Anrichte an.

„Meine Mutter sagte immer, so viel Zeit muss sein, wenn wir sie aufzogen, dass dauernd und überall Kerzen brennen mussten. Und heute mache ich es genau gleich", lächelte Kati.

„Mir gefällt es."

„Mir ja auch. Besonders in der Adventszeit."

Sie assen die Suppe. Kati räumte noch den Tisch ab und musste bereits wieder los.

Abends kam Klaus vorbei. Er hörte die Lunge ab, untersuchte das Bein und entfernte den Schlauch.

„Da passiert nichts mehr. Es läuft keine Flüssigkeit mehr nach", sagte er zufrieden. „Noch die Antibiotika gegen die Lungenentzündung fertig nehmen, dann ist die Sache ausgestanden."

Er reinigte die kleine offene Stelle und klebte ein Pflaster darüber.

Danach verabschiedete er sich von Mathias.

Kati begleitete Klaus zur Tür und wartete, bis er weggefahren war.

Es war ein klarer Abend. Sämtliche Häuser der Strasse waren weihnachtlich geschmückt. Die meisten mit Lichterketten. An Fenstern, Türen, Büschen und Bäumen waren sie verteilt. Aber es wirkte nicht überladen, sondern verlieh der Strasse eine friedliche Atmosphäre.

Und das Wichtigste für Kati war: Nirgends blinkte es. Flackernde Lichterketten konnte sie überhaupt nicht leiden. Kati schaute sich noch einmal um und ging dann ins Haus.

„Was hältst du von Spaghetti", fragte sie Mathias.

„Gerne. Ich esse eigentlich alles."

„Bestens. Dann mache ich Spaghetti carbonara. Die gehen am schnellsten."

Kati kochte die Spaghetti, deckte den Tisch und zündete die beiden Kerzen an.

Mathias kam in die Küche, und sie setzten sich an den Tisch.

„Guten Appetit", sagte Kati.

„Danke, ebenfalls."

Kati schob sich eine gutgefüllte Gabel voll Spaghetti in den Mund und jaulte auf.

„Pass auf! Die sind fürchterlich heiss!", gab sie kauend von sich.

„Ich versuche es mal mit etwas weniger auf der Gabel", grinste Mathias.

Nachdem sie fertig gegessen hatten, schaute Mathias Kati ernst an.

„Kati, ich bin dir noch eine Antwort schuldig. Ich war gestern sehr überrascht über dein Angebot und wusste gar nicht, was ich sagen soll. Einerseits würde ich gern bei dir arbeiten. Aber ich will nicht ausgehalten werden, nicht abhängig sein", sagte er gequält.

Kati brauchte einen Moment, um seine Worte auf die Reihe zu kriegen.

„Also, wenn ich das recht verstehe, liegt das Problem darin, dass alles, der Lebensunterhalt, das Wohnen und die Arbeit voneinander abhängen."

„Ich bin mir nicht sicher, ob wir dasselbe meinen."

„Ich war von Sebastian gewohnt, dass wir zusammen wohnen und den Lebensunterhalt aus einer gemeinsamen Kasse bestreiten. Wir arbeiteten zusammen und teilten uns am Schluss den Gewinn. Das war's."

Mathias sah sie sehr skeptisch an.

„Wir haben hier drei Zimmer", fuhr Kati fort, "du hast eines, ich hab eines. Den Rest müssen wir uns teilen. Eine Küche, eine Stube, ein Bad. Zudem werden wir zusammen arbeiten. Das bedeutet doch eine recht grosse Nähe zueinander. Hast du bis jetzt immer alleine gelebt?"

„Ja, und ich habe auch alleine gearbeitet."

„Dann musst du dir überlegen, ob dir diese Art der Zweisamkeit allenfalls zuviel wird. Aber eines ist sicher. Wenn dir die Arbeit gefällt und du dich eingearbeitet hast, werde ich auf dich zählen. Ich möchte wieder ab und zu Vertretungen übernehmen. Und dauernd neue temporäre Mitarbeiter einzuarbeiten, ist mir zu anstrengend. Die Abhängigkeit wird also nicht all zu lang einseitig bleiben. Nur, ob du es versuchen willst oder lieber nicht, musst du entscheiden."

„Und wenn es schief geht, sitze ich wieder auf der Strasse", sagte Mathias bitter.

Kati überlegte einen Moment.

„Ja, das stimmt", sagte sie ernst.

„Und was habe ich dann davon?"

Er sah sie eindringlich an.

Kati hielt seinem Blick stand.

„Ein paar warme Tage", gab sie schlaksig zurück.

Mathias war derart überrascht von dieser Antwort, dass er schallend lachen musste.

Ein fürchterlicher Hustenanfall war die prompte Folge. Es dauerte eine ganze Weile bis sich der Anfall wieder legte.

Mathias sah Kati zwar immer noch zweifelnd an, sagte aber freundlich:

„Ich werde es versuchen."

Mittwoch

Am nächsten Morgen duschte Mathias ausgiebig, rasierte sich und stellte mit Erstaunen fest, dass das Bisschen Haare, das er noch hatte, kurz geschnitten war.
Er hatte schon ein paar Mal in den Spiegel geschaut, aber gar nicht realisiert, dass die Haare ab waren.
Sieht besser so aus, fand er zufrieden.
Mathias öffnete den Schrank. Seine ganze Wäsche lag geordnet auf den Tablaren. Kati hatte alles gewaschen, da die Sachen im Rucksack feucht geworden waren.
Er nahm sich seine hellbraune Cordhose und seinen blauen Pulli und zog sie über.
Sie hatten gestern Abend noch vereinbart, dass er nächste Woche anfangen würde mitzuarbeiten. Kati wollte zuerst alle nötigen Anmeldungen erledigen und meinte, Mathias solle sich zuerst richtig erholen.
Er sollte heute noch im Haus bleiben, da das Wetter eiskalt geworden war.
Es fegte seit gestern Mittag ein eisiger Wind durch die Strassen.
Nach dem Frühstück setze er sich aufs Sofa und las in seinem Buch weiter. Er hatte etwa die Hälfte durchgelesen und war ganz begeistert. Der Fotograf verstand sein Handwerk.
Die Perspektiven waren ganz aussergewöhnlich. Die Szenen, die er fotografiert hatte, unterstrichen den Text in einzigartiger Weise.
Die Autoren verstanden es, die Geschichte Chinas und deren Auswirkungen für die Gegenwart zu entschlüsseln. So wurde das oft schwer verständliche Verhalten der Chinesen nachvollziehbarer.
Die Kritiker lobten das Buch zu Recht.

„Hallo." Kati streckte ihr von der Kälte gerötetes Gesicht durch die Küchentür.

„Prima. Du hast an den Auflauf gedacht. Ich zieh mir schnell die Jacke aus und komme sofort zum Essen."

Mathias hatte den von Kati vorbereiteten Auflauf pünktlich in den Ofen geschoben, den Tisch gedeckt und so konnten sie jetzt essen.

„Es geht immer noch ein fürchterlicher Eiswind."

„Man sieht's. Dein Gesicht ist immer noch ganz rot."

„Sag mal, hast du nur den grauen, dünnen Mantel, der in der Garderobe hängt?"

Mathias nickte.

„Dann bringe ich dir heute Abend eine dicke Jacke mit. Ich muss sowieso noch einkaufen und dann geht das in einem", sagte sie bestimmt.

Mathias verzog das Gesicht.

„Mach' nicht so ein Gesicht! Das ist reiner Selbstschutz. Du willst morgen in der Buchhandlung vorbeischauen. Und wenn du bei der Affenkälte mit dem alten Mantel nach draussen gehst, liegst du übermorgen wieder im Bett! Und ich rechne nächste Woche mit dir!"

„Schon gut. Überredet", schmunzelte Mathias. Mit dem Mantel hatte sie ja leider Recht. Der war wirklich hinüber. Und auch wenn er es nicht gerne zugab, er genoss es, dass sie sich um ihn sorgte.

„Wir werden auch deinen Vorrat an Hemden und Hosen etwas aufstocken müssen."

„Wieso das denn?" Das klang nun doch eher entsetzt.

„Arbeitskleidung. Oder wäschst du gerne im Akkord. Spätestens nach einem Tag im Buchladen ist ein Hemd reif für die Wäsche. Und ein paar Hemden sollten es schon sein, damit es sich lohnt, die Waschmaschine laufen zu lassen", erklärte Kati kauend.

Mathias seufzte.

„Wenn es sein muss."

„Es wird schon nicht so schlimm werden. Wir können am Montag einkaufen gehen, da ist der „Treff-Punkt" zu, und es hat in den Kaufhäusern nicht so viele Leute."

Mathias bekam einen Hustenanfall.

41

„Das tönt aber nicht gut."

„Eigentlich schon. Das ist heute der erste Anfall. Der Husten ist praktisch vorbei. In den Gliedern spüre ich es noch. Ich habe den ganzen Morgen hier auf dem Sofa gelesen. Dein Buch. Es ist übrigens mindestens so gut, wie die Kritiker behaupten. Aber wenn du gleich gehst, werde ich mich hinlegen. So langsam werden meine Beine weich", lächelte Mathias.

„Wie geht es deinem rechten Bein?"

„Es ist nur noch ein klein wenig geschwollen."

Kati räumte den Tisch ab und stelle das Geschirr in die Maschine.

„Dann gehe ich wieder. Bis heute Abend. Ich komme etwas später, dafür hoffentlich mit Jacke. Schlaf gut!", rief sie ihm noch zu, als sie aus der Küche ging.

„Gleichfalls ist wohl eher nicht angebracht. Bis dann!", rief Mathias hinterher.

Kati bestellte Bücher, die ihr ein Kunde soeben telefonisch durchgegeben hatte, als sie draussen Tims Haarschopf durch die Schaufensterdekoration erblickte.

„Tim ist heute aber früh dran", dachte Kati.

Er blieb trotz Kälte noch eine ganze Weile vor dem Schaufenster stehen.

„Die Deko ist ein Volltreffer", stellte Kati zufrieden fest.

Es gab kaum Passanten, die nicht stehen blieben, um ihr Weihnachtsschaufenster zu betrachten.

Dabei wollte Kati die Dekoration zuerst gar nicht stehen lassen. Sie hatte einen ganzen Abend lag mit ihrer Freundin Sandra das ganze Playmobilspielzeug von deren Kindern verbaut. Die Kinder waren mittlerweile aus dem Spielzeugalter raus gewachsen, und so stand schachtelweise Material zur Verfügung. Neben den Playmobilspielsachen hatten sie für die Landschaft Rinden, Äste, Tannenzapfen und Moos verwendet. Die ganze Länge des Schaufensters hatten sie ausgenutzt, um einen Playmobilzug in einem Kreis durch eine Winterlandschaft fahren zu lassen. In den offenen Güterwagen wurden kleine Bücher durch die Gegend gezogen. Den Hintergrund der Landschaft bildeten grosse Bücher. Das Ganze war mit weissen Leintüchern unterlegt.

Die Gebäude hatten sie von innen beleuchtet.

„Du wirst sehen, es wird ganz toll!", beteuerte Sandra mehrfach während des Aufbauens.

„Das sieht aus wie eine Playmobil-Werbung!", hatte Kati Sandra immer wieder entsetzt entgegengehalten. Sie hatten mit den verwendeten Spielzeugelementen viele kleine Details gestaltet und so war eine Art Suchbild entstanden, in dem man immer wieder Neues entdecken konnte. In Katis Augen war das Endresultat ganz in Ordnung. Speziell, eben.

„Ich hab's dir doch gesagt. Die Deko sieht megamässig gut aus!", neckte Sandra.

„Die Deko geht messerscharf an der Kitschgrenze vorbei!", gab Kati grinsend zurück.

„Hallo, Tim", grüsste Kati.

„Hallo."

„Wie geht es dir?"

„Gut."

„Hast du Hausaufgaben?"

„Schon gemacht."

„Prima. Möchtest du mit dem Einräumen anfangen oder eine Seite im Rätselheft lösen?"

„Einräumen."

Er schnappte sich eine kleine Schachtel mit Büchern und ging in den hinteren Teil des Ladens.

Kati überlegte einen Moment. Tim kam jetzt schon seit über sechs Monaten jeden Mittwoch- und Samstagnachmittag in den Bücherladen.

„Und noch immer sagt er kein Wort zuviel", schmunzelte Kati und vertiefte sich wieder in die zu bearbeitende Bestellung.

Kati kam voll bepackt mit Einkäufen, Jacke und ihrem Laptop nach Hause. Den Laptop hatte sie nach dem Einkaufen noch schnell aus dem Buchladen geholt.

Für Mathias packte sie eine winddichte Daunenjacke aus.

„Die müsste eigentlich passen", meinte sie, während sie die Jacke zu Mathias herüberreichte.

„Genau richtig in der Grösse."

„Und etwas wärmer als dein grauer Mantel", stichelte Kati.

„Aber viel zu warm für hier drinnen", gab Mathias zurück und hängte die Jacke in die Garderobe.

„Ich habe den Laptop mitgebracht. Die verschiedenen Ämter haben mir ihre Codes mitgeteilt. Nach dem Abendessen können wir zusammen die Anmeldungen für dich per Internet durchgeben."

Als sie mit dem Abendessen fertig waren, holte Kati den Laptop und installierte ihn auf dem Küchentisch.

„So, es ist alles aufgestartet. Wir können anfangen."

Mathias setzte sich neben Kati.

„Kannst du tippen? Ich meine richtig tippen, Zehnfingersystem?", fragte Kati plötzlich.

„Aber sicher", sagte er lachend.

„Das ist nicht dein Ernst."

„Doch ich habe es vor vielen Jahren in meiner Ausbildung gelernt."

Kati schob den Laptop zu Mathias.

„In diesem Fall kannst du deine Personaldaten gleich selber eintippen. Die kennst du ja eh am besten."

Im Handumdrehen hatte Mathias die verschiedenen Anmeldungen erledigt.

Als er sein Geburtsdatum einschrieb, rechnete Kati kurz.

„Vierundfünfzig. Dann sind wir zehn Jahre auseinander."

„So, vierundsechzig?"

„Du bist fies", gab sie lachend zurück.

Nachdem sie den Laptop wieder weggeräumt hatten, sah Kati Mathias nachdenklich an.

„Ist was?"

Sie räusperte sich.

„Du sitzt doch eigentlich schon ganz gut. Oder?"

„Wie bitte?", fragte Mathias erstaunt.

Kati verzog keine Mine.

„Ich habe heute eine riesige Bestellung für spanische Bücher erhalten. Vierzig verschiedene. Die Titel sind alle im System nicht erfasst, und ich muss sie von Hand eingeben. Eintippen. Ich weiss gar nicht, wann ich da machen soll. Es kommen jeden Tag mehr Kunden, denn Weihnachten rückt näher."

Mathias schmunzelte.

„Wir hatten ja ausgemacht, dass ich morgen vorbei komme, um den Laden etwas besser kennen zu lernen. Ich kann morgens gleich mir dir mitkommen und tippe die Bücher ein. So gut sitze ich schon."

„Da fällt mir ein Stein vom Herzen", sagte Kati erleichtert. „Mir ist nichts mehr zuwider als diese Tipperei. Ich habe es nie gelernt und kann diesen Teil der Arbeit auch nicht ausstehen."

„Ich bin diese Arbeit gewohnt", gab Mathias amüsiert zur Antwort. Man konnte ihre Abneigung gegen die Tipperei förmlich fühlen.

„Würdest du dann in der Zukunft die grossen Tipparbeiten auch übernehmen?"

„Sicher. Die sind bei mir gut aufgehoben."

„Mathias, du bist ein Segen! Bis jetzt blieb die nämlich an mir hängen. Sowohl Stefan als auch Sebastian haben sich immer erfolgreich davor gedrückt!"

Kati strahlte ihn an und Mathias lachte sichtlich zufrieden zurück. Ihre Begeisterung tat ihm gut. Und das Gefühl, dass er ihr helfen konnte.

„Wann gedenkst du aufzustehen?", fragte Kati.

„Wie meinst du das?"

„Tja, wir haben nur eine Dusche. Und wie ich im Moment merke, auch nur einen Wecker. Ist es dir recht, wenn ich zuerst dusche und dich dann wecke?"

„Sehr gut. Ich bleibe gern noch etwas länger liegen."

Donnerstag

Am nächsten Morgen frühstücken sie gemeinsam und machten sich auf den Weg zum „Treff-Punkt".

Als Mathias die Haustür öffnete, blies ihm eine starke Brise ins Gesicht.

„Mann, ist das kalt!", rief er aus.

„Warte, ich hole unsere Mützen. Die nützen auf dem Kopf mehr als im Schrank."

Kati brachte die beiden.

Trotz der Mützen hielten beide ihre Köpfe tief zwischen den Kragen der Jacken. Sie liefen zügig die Strasse entlang, bogen um die Ecke und standen nach ein paar weiteren Metern vor dem Eingang des Büchergeschäfts.

Kati schloss die Schiebetür auf.

Mathias war froh, dass der Weg so kurz gewesen war.

„Danke, dass du mir die Jacke gebracht hast", sagte er beim Hineingehen in den Laden.

„Du hattest Recht. Es ist wirklich in den Tagen, in denen ich im Haus war, noch wesentlich kälter geworden. Und dieser Eiswind geht einem so in die Knochen."

„Ich hab's dir ja gesagt. Das war reiner Selbstschutz. Ohne warme Kleidung ist im Moment ein Bettaufenthalt vorprogrammiert", sagte sie, während sie ihre Jacke auszog.

„Siehst du, hier ist unser persönlicher Raum, wohl eher eine Nische. Aber er ist sehr praktisch. Hier ist die Garderobe für die Mäntel, da ist unser Tisch mit Computer für die Büroarbeiten. Beim Eingang hat es einen zweiten. Die beiden sind miteinander vernetzt."

Kati stellte den Computer an. Während er startete, fragte sie Mathias:

„Willst du dir den Laden etwas genauer ansehen?"

„Gerne. Ich habe nur noch den hinteren Teil mit den Kultur-
und Reisebüchern im Kopf. Und es ist doch schon eine Wei-
le her, seit ich das letzte Mal hier war", lächelte er verlegen.
„Es hat sich nicht viel verändert", beruhigte ihn Kati.
Sie zeigt ihm, in welche Bereiche sie die Buchhandlung
eingeteilt hatte.
„Ich habe für die Bereiche verschiedene Farben verwendet.
Die findest du in den Registern im Bücherregal und auch bei
den Buchtiteln im Computer wieder. Dies ist ein kleines
Schema. Nimm es mit, wenn du dich hier umschaust. Ich
suche in der Zeit die spanische Bestellung raus."
Mathias nahm die Zeichnung und schaute sich im Laden um.
Beim Schaufenster blieb er fasziniert stehen.
„Hast du die Weihnachtsdekoration gemacht?"
„Ja. Mit einer Freundin", rief Kati aus der anderen Ecke des
Ladens.
„Wir haben ihre ganze Playmobilsammlung verbaut. Das
war eine Mordsarbeit. Mein Rücken hat noch immer Nach-
wehen von der gebückten Haltung. Aber unter dem Strich
hat sich der Aufwand gelohnt. Die meisten Passanten bleiben stehen und schauen sich die Winterlandschaft an. Vor
allen natürlich die Kinder. Und so soll's ja eigentlich auch
sein."
„Mir gefällt die Dekoration. Schon allein wegen der Eisenbahn", grinste Mathias.
„Ich glaube, der Computer ist bereit. Ich zeige dir, wie die
spanischen Bestellungen zu erledigen sind."
Sie gingen in den kleinen Raum.
„Warte, nimm du den Stuhl, denn du arbeitest ja. Ich nehme
den Hocker."
Kati setzte sich neben Mathias. Sie sagte ihm, wie er die
einzelnen Schritte im Computer ausführen musste, liess es
ihn aber gleich selbst machen.
„Siehst du, in diese Tabelle müssen Titel und Autor. Ich
habe hier die Liste von der Kundin. Kannst du ihre Schrift
lesen?"
„Doch, das geht", sagte Mathias, nachdem er das Blatt überflogen hatte.

„Gut. Dann lasse ich dich wirken. Ich geh nach vorne und warte auf meinen Chauffeur. Er sollte mir heute eine grosse Lieferung bringen. So wie es aussieht, ist er spät dran. Das gibt eine laute Lieferung!"

„Wie meinst du das?"

„Warts ab, in der Regel ist die Szene selbstredend", schmunzelte Kati.

Eine Viertelstunde später hielt der Lieferwagen vor dem „Treff-Punkt". Scheppernd krachte ein kleiner Hebewagen auf die Strasse. Zwei grosse Schachteln flogen donnernd auf den Wagen. Peter kam knurrend in den Laden.

Kati reizte es jedes Mal, wenn er so kam, besonders freundlich zu sein.

„Hallo, Peter, wie geht's?"

„Geht." Er fuhr die Schachteln an ihr vorbei und schmiss sie in die Ecke.

„Es kommen noch zwei."

Den nächsten beiden Schachteln erging es nicht besser. Er knallte sie neben die ersten und hielt Kati den Lieferschein und Kugelschreiber zum Unterschreiben hin.

„Scheiss Staus!"

„Wie viele waren es denn?"

„Drei! War alles dicht! Kein Durchkommen!", wetterte Peter.

„Danke und einen schönen Tag wünsche ich dir." Kati gab ihm den Schreiber zurück.

„Tschüss", knurrte er und draussen war er.

Mathias kam aus der Nische hervor.

„Ein selten freundlicher Mann."

„Ich werde dich nächste Woche vorstellen. Falls dann die Verkehrslage besser ist", grinste Kati.

„Ich bin fertig mit den Bestellungen."

„Das ging aber schnell. Danke. Ich bin echt froh, dass das erledigt ist. Gehen wir nach hinten, um die Bestellung auszulösen."

Kati setzte sich an den Computer und Mathias sah zu, wie sie sich durch die spanischen Anweisungen klickte.

„Kannst du spanisch?", fragte er.

„So in etwa zehn Worte", lachte Kati, „Bestellung, Lieferung, Versandart, Lieferbedingungen, Liefertermin und meine absoluten Lieblingsworte wie ‚Lieferverzögerung', ‚verspätet' und ‚nicht lieferbar'. Das dürften meine Fremdsprachenkenntnisse sein. Aber immerhin kann ich die paar Worte in den meisten europäischen Sprachen."

Sie gingen zusammen in den vorderen Teil des Ladens, als ein Kunde die Buchhandlung betrat.

Er wollte seine bestellten Bücher abholen. Kati holte drei Bücher aus dem Regal mit den vorbereiteten Bestellungen. Der Kunde bezahlte und verliess das Geschäft.

„So. Nun will ich zusehen, dass die Bücher aus den Schachteln kommen."

„Ich kann dir helfen", bot Mathias sich an. „Das schaffe ich bereits. Und wenn ich die Bücher wegräume, lerne ich gleich, wo die verschiedenen Buchtitel zu finden sind."

„Gerne, wenn du meinst, dass du das schaffst."

Mathias nahm sich den ersten Stapel aus der Schachtel.

Kati war ganz gerührt, mir welcher Freude er sich an die Arbeit machte. Sie hatte das Gefühl, dass ihm die Arbeit mit den Büchern auch wirklich lag. Er fand sich nach kurzem Hin und Her bereits sehr gut im Laden zurecht.

Mittlerweile nahm der Kundenandrang zu und Kati war ganz mit dem Bedienen beschäftigt.

Sie hatte soeben einen Kunden an der Türe verabschiedet und kam zurück zu dem Tisch mit den vorbereiteten Büchern. Mathias wollte sich wieder einen Stapel nehmen.

„Um Gottes Willen, lass die liegen!", stiess Kati aus. „Du bist ja kreidebleich."

Mathias stand der Schweiss auf der Stirne.

„Aber es sind doch noch so viele", erwiderte er.

„Die laufen schon nicht davon", lächelte Kati.

„Geh lieber nach Hause und leg dich hin. Man sollte es nicht gleich am ersten Tag übertreiben. Danke, dass du schon so eine grosse Menge versorgt hast. Den Rest schaffe ich schon. Schaffst du es allein nach Hause?", fragte sie besorgt.

„Das geht schon."

Mathias zog seine Jacke an.

„Hast du den Schlüssel? Nicht, dass du noch vor verschlossener Tür stehst."

Er fasste in seine Jackentasche.

„Hier ist er."

„Pass auf dich auf."

Kati machte sich Vorwürfe, dass sie nicht eher bemerkt hatte, wie sehr es ihn noch anstrengte, auf den Beinen zu sein.

„Mach dir keine Sorgen", lächelte er matt, „bis gleich."

Mathias war heilfroh, dass Katis Haus so nah bei der Buchhandlung lag. Er hatte sich völlig auf die Bücher und ihre Standorte konzentriert. Er merkte erst, dass es zuviel war, als Kati ihn ansprach. Vom Strecken und Bücken beim Einräumen zitterten seine Beine.

Mathias schloss die Tür auf, zog seine Jacke aus und ging in sein Zimmer. Er legte sich auf sein Bett und schlief sofort ein.

Als Kati mittags in Mathias' Zimmer schaute, schlief er fest. Sie schloss leise die Zimmertüre und ging in die Küche, um sich etwas zu kochen. Fast bereute sie es, dass sie Mathias um seine Hilfe gebeten hatte. Aber sie fühlte auch, dass er gerne mitgekommen war und ihm die Arbeit Freude machte.

Mathias wachte erst gegen drei Uhr wieder auf. Er blieb noch ein wenig auf dem Bett liegen.

„Sie ist anders", sagte er sich wieder.

Mathias konnte sich zuerst nicht vorstellen, wie es sein würde, mit Kati zu arbeiten. Er war besorgt gewesen, ob es funktionieren würde.

Aber Kati hatte ihm heute Morgen gezeigt, wie er die Bestellungen ausführen und die Bücher einordnen sollte. Und dann hatte sie ihn machen lassen. Sie bestellte die Bücher, die er eingegeben hatte, ohne den geringsten Zweifel, dass sie korrekt waren. Sie gab Mathias das Gefühl, dass sie ihm vertraute. Dass sie davon überzeugt war, dass er seine Arbeit richtig machte.

Mathias merkte, wie wohl ihm das tat.

Mathias ging in die Küche. Kati hatte seinen Platz gedeckt und einen Zettel hingelegt.

Ich hoffe, du hast dich erholt!
Essen steht zum Aufwärmen bereit. Guten Appetit!
Gruss
Kati

Er steckte lächelnd den Zettel in seine Hosentasche.

„Hallo, Mathias", rief Kati, nach dem sie die Tür geöffnet hatte.
„Guten Abend, Kati", kam es aus dem Wohnzimmer. Kati ging hinein. Mathias sass auf dem Sofa und las in seinem Buch.
„Wie geht es dir?", fragte Kati immer noch besorgt.
„Viel besser. Ich habe bis in den Nachmittag hinein geschlafen und fühle mich wieder fit. Zumindest so lange ich hier sitze".
„Dann bleib schön sitzen! Möchtest du etwas essen?"
„Höchstens etwas Kleines. Ich habe erst spät das Mittagessen gegessen."
Kati machte für beide ein belegtes Brot und sie setzten sich zusammen an den Küchentisch.
„Wie weit bist du mit deinem Buch?", fragte Kati.
„Fast fertig."
„Und, bist du immer noch der Meinung, dass es so genial ist, wie die Kritiker es behaupten?"
„Aber, sicher."
Dann erzählte ihr Mathias während der nächsten halben Stunde den Inhalt des Buches. Er erklärte ihr die Zusammenhänge, die in dem Buch beschrieben waren.
Kati hörte völlig beeindruckt zu. Einerseits war sie überrascht, wie viel Mathias über dieses Thema wusste – und dazu spannend darüber erzählen konnte. Aber eines faszinierte sie noch mehr:
dass er solange an einem Stück sprach!
Bis jetzt kamen seine Antworten zwar immer höflich, doch ziemlich knapp.

Sie musste ihm oft die Worte einzeln aus der Nase ziehen.

Das erinnerte sie an jemanden ... an Tim. Er verhielt sich in dieser Beziehung genau gleich.

Aber jetzt war Mathias richtig in Fahrt gekommen. Er zeigte ihr verschiedene Bilder aus dem Buch. Auf den meisten waren irgendwelche Denkmale, Gebäude, Skulpturen oder ähnliches abgebildet. Normalerweise waren das für Kati leblose Objekte. Doch als Mathias ihr die Geschichten, die hinter diesen Bildern steckten, erklärte, begannen diese Objekte zu leben. Erhielten eine ganz andere Bedeutung und Kati sah das Buch plötzlich mit ganz anderen Augen.

„Ich will ehrlich sein", sagte Kati, als Mathias fertig war. „Ich hatte das Buch kurz durchgeblättert, bevor ich es in der Buchhandlung ins Regal gestellt habe. Ich fand es nett. Ein Kulturbuch mehr auf dem Markt. Aber das war es dann auch schon. Doch jetzt, nachdem du mir die Hintergründe erklärt hast, bin ich ganz begeistert!", sagte Kati beeindruckt. „Du hast aber dein Wissen nicht nur aus diesem Buch?"

Mathias lächelte.

„Nein. Das nicht. Aber es ist das Beste, das ich bis jetzt über China gelesen habe."

„Bist du über andere Kulturen auch so gut im Bilde? Denn, wenn ich mich recht erinnere, hast du früher meistens Bücher über andere Kulturen und Länder gekauft."

„Stimmt. Das sind die Bücher, die ich liebe", schmunzelte Mathias. Er liebte es, sich mit anderen Kulturen zu beschäftigen. Geschichtsbücher, Bildbände und Reiseberichte über fremde Länder zu lesen. Vor allem von Ländern, die er selber bereist hatte wie Peru, Ecuador, Nepal, Israel, Ägypten und Australien.

„Es war für mich immer ein spezielles Erlebnis. Zuerst Bücher über ein Land zu lesen und mir danach anzusehen, was ich gelesen hatte. Ich habe mir beim Lesen immer so meine Vorstellungen gemacht und wollte dann sehen, ob die Wirklichkeit auch so aussieht!"

„Und? Was überwog? Bestätigung oder Endtäuschung?"

„Bestätigung. Meistens. Es gab manchmal einzelne Orte oder Ortsteile, die nicht dem entsprachen, wie ich es mir vorgestellt hatte. Aber die Kulturschätze und vor allem die Landschaften haben mir immer gefallen."

Sie unterhielten sich noch lange über seine Reisen.

Seit Mathias bei ihr wohnte, hatte Kati ein eigenartiges Gefühl. Sie war sich nicht sicher, ob es einfach eine Art Zurückhaltung oder eher schon Misstrauen ihr gegenüber war. Sie konnte diesen Eindruck nicht einordnen, aber er war da.

Jetzt hatte sie das erste Mal den Eindruck, dass bei Mathias diese Reserviertheit ein wenig bröckelte.

Kati öffnete die Ladentür. Mathias und sie schlüpften schnell durch die Schiebetür. Der Eiswind fegte nach wie vor durch die Strassen.

„Also. Wie abgemacht. Ich zeige dir die Kasse und dann gehst du wieder", sagte Kati während sie sich die Jacken auszogen.

„Es ist eigentlich nicht schwierig. Man muss nur ein paar Tricks kennen, sonst kann sie dich zur Weissglut treiben", grinste Kati.

Sie erklärte Mathias die verschiedenen Funktionen.

„Du wirst sehen. Sobald du sie regelmässig benutzt, ist das ganze ein Kinderspiel."

Eine Kundin kam in den Laden, um ein bestelltes Buch abzuholen.

„Möchtest du es gleich versuchen mit der Kasse?", fragte Kati.

„In Ordnung."

Sie gab Mathias das Buch und liess ihn machen. Er scannte den Strichkode, kassierte den Betrag und die Sache war erledigt.

„Wie ich sehe, ist das kein Problem für dich", stellte Kati fest.

„Nein. Wirklich nicht", sagte Mathias zufrieden.

Bereits betraten die nächsten Kunden den „Treff-Punkt".

„Willst du die Kasse noch einen Moment übernehmen?", fragte Kati.

Mathias übernahm die Kasse und Kati half einem Kunden bei der Suche eines Buches.

Nach einer Stunde schickte Kati Mathias nach Hause, doch zuerst protestierte er. Kati zeigte ihm den Tisch mit den aktuellen Bestsellern und meinte, er solle sich ein paar Bücher mitnehmen und die Inhaltsangaben lesen. So habe er eine Ahnung, was im Moment „in" sei und könne sich trotzdem schonen.

Mathias packte sich einige Bücher in eine Tasche und machte sich auf den Heimweg.

Nach dem Mittagessen begleitete Mathias Kati wieder in den „Treff-Punkt".

Er fühlte sich wesentlich besser als gestern. Durch die Pause, zu der ihn Kati verknurrt hatte, war er fit genug, um auch am Nachmittag mitzugehen.

Mathias übernahm wieder die Kasse und Kati bediente. Als keine Kunden im Laden waren, bemerkte Mathias einen Stapel Bücher, der in einer Ecke bei der Kasse lag.

„Müssen die Bücher hier verräumt werden?", fragte er Kati.

Sie blickte schnell über die Schulter.

„Nein. Die sind für Tim."

„Tim?"

Kati kam lachend zu Mathias.

„Tja, du bist der dritte Mitarbeiter. Einen Zweiten, nebst mir, hab ich schon. Und erst noch einen besonders zuverlässigen", grinste sie.

Mathias war im Moment wie vor den Kopf gestossen.

„Tim kommt seit etwa einem halben Jahr jeden Mittwoch- und Samstagnachmittag hier her in die Buchhandlung. Er räumt die Bücher, die ich ihm vorbereitet habe, in die unteren Regale. Denn die oberen schafft er noch nicht."

Mathias sah sie etwas verwirrt an.

„Warts ab! Morgen lernst du ihn kennen", sagte Kati.

Samstag

Am Samstagmorgen schickte Kati Mathias nach zwei Stunden nach Hause. Damit sie ihn ohne Protest aus dem Laden bekam, steckte sie ihm zwei Kulturbücher zum Durchsehen in eine Tasche.
„Komm am Nachmittag wieder. Ich bleibe hier, denn das Geschäft ist über Mittag offen."
Mit den beiden Büchern zog Mathias heimwärts.

Mathias kam zum rechten Zeitpunkt wieder. Kurz vorher war ein ganzer Schwarm Kunden gleichzeitig in den „Treff-Punkt" gekommen und Kati war erleichtert, als Mathias die Kasse übernahm. Der grösste Ansturm an Kunden war vorbei, als Kati den Haarschopf von Tim erblickte.
Ein zierlicher Junge mit kurzen, hellbraunen Haaren, die in alle Richtungen standen, ging auf Kati zu.
„Hallo", sagte Tim.
„Hallo, Tim", lachte Kati ihn an. „Wie geht es dir?"
„Gut."
„Sehr schön. Darf ich dir unseren Dritten im Bunde vorstellen? Ich hab nämlich, ausser dir, jetzt noch einen neuen Mitarbeiter hier."
Kati stellte sich neben Mathias.
„Das ist Mathias. Er arbeitet neu mit uns beiden."
Mathias machte einen Schritt auf Tim zu, ging ein wenig in die Knie und hielt ihm die Hand entgegen.
„Es freut mich, dass wir beide hier zusammen arbeiten", lächelte Mathias Tim an.
„Mich auch." Tim lächelte freundlich.
Kati war erleichtert. Sie hatte den Eindruck, für Tim war es in Ordnung, dass Mathias mitarbeitete. Sie war sich zuerst nicht sicher gewesen, wie Tim auf diese Veränderung reagieren würde. Aber so wie es aussah, nahm Tim das Ganze

sehr gelassen. Kati glaubte sogar, dass ihn Mathias' Anwesenheit freute.

„Willst du die Bücher einordnen?", fragte Kati.

„Ja."

Er nahm sich die ersten Bücher.

Mathias sah ihm lächelnd nach.

Nachdem Tim alle Bücher weggeräumt hatte, stellte er sich neben Kati, die soeben einen Karton aus der Büronische holte.

„Kati?"

„Ja?"

„Wohnt Mathias bei dir?"

„Ja", antwortete Kati perplex.

„Gut", lächelte Tim und holte sich ein Buch aus einem Regal im Laden.

Er machte es sich am Tisch bequem und begann das Buch durchzublättern.

Kati staunte nicht schlecht, als sie sah, dass Tim immer mal wieder, wenn keine Kunden bei Mathias waren, mit seinem Buch zu ihm ging. Er fragte ihn etwas und setzte sich zufrieden wieder zurück an den Tisch.

Kurz vor vier gab Kati Tim einen Euro.

„Vielen Dank, dass du mir wieder geholfen hast."

Tim steckte den Euro in die Spardose, ein knallrotes Keramikauto, die in der Büronische stand.

Er stellte das Buch zurück ins Regal und zog sich seine Jacke an.

Er kam zurück zu Kati und gab ihr die Hand.

„Tschüss, Kati."

„Ich wünsche dir ein schönes Wochenende, Tim."

Kati war ganz verdattert. Das hatte Tim noch nie gemacht. Sonst ging er jeweils zur Tür hinaus, rief noch „Tschüss" über die Schulter und war weg.

Tim ging auch zu Mathias, gab ihm die Hand, verabschiedete sich von ihm und verschwand zur Tür hinaus.

„Das gibt's doch nicht", sagte zu sich selbst.

„Möchtest du schon nach Hause gehen?", fragte sie Mathias.
„Ich muss noch die Kasse abrechnen und die Geldkassette bei der Bank einwerfen."
„Ich schau dir beim Abrechnen über die Schulter. So habe ich wenigstens schon gesehen, wie das abläuft."
„Wie du willst."
Kati zählte zügig den Kassenbestand, füllte die Formulare aus und packte die Einnahmen in die Geldkassette.
„So. Die Kassette müssen wir noch in den Nachttresor der Bank vorne bei der Brücke einwerfen."
„Etwas frische Luft ist gar nicht schlecht", meinte Mathias.
Es war immer noch eisig kalt. Aber der Wind hatte sich gelegt. Dadurch zog die Kälte nicht mehr ganz so stark durch die Kleider.
Sie genossen es beide, in Richtung Brücke zu laufen.
Beidseits der Strasse befanden sich kleine Geschäfte, die ihre Schaufenster mit viel Mühe weihnachtlich geschmückt hatten.
Um diese Uhrzeit waren kaum noch Leute und Autos unterwegs. So lag eine friedliche Stille über dem Quartier.
Mathias sah zu Kati hinüber. Ganz in Gedanken versunken schlenderte sie neben ihm her.
Mit ihr konnte er zusammen sein, ohne sich unterhalten zu müssen.
„Sie ist anders", sagte er sich wieder.
Er atmete tief durch. Die kalte Winterluft war wohltuend nach einem ganzen Nachmittag im Buchladen.

„Seit wann kommt Tim zu dir?", fragte Mathias.
Sie hatten etwas gegessen. Mathias hatte sich aufs Sofa gesetzt und Kati war im Begriff, es sich auf dem Sessel bequem zu machen.
„Lass mich überlegen. Tim kam das erste Mal Anfang Mai in den „Treff-Punkt". Er sah sich ein wenig um und fragte mich nach einer Weile, ob er sich auch in die Sesselecke setzen dürfe, um Bücher anzuschauen. Selbstverständlich dürfe er das, habe ich ihm gesagt. Aber er müsse vorsichtig mit den Büchern umgehen. Er hat höflich genickt, sich ein Buch genommen und sass damit den ganzen Nachmittag in

der Sesselecke. Gegen Abend hat er es versorgt, sich verabschiedet und weg war er.

Seitdem kommt Tim jeden Mittwoch- und Samstagnachmittag. Anfangs habe ich mir noch nicht viel dabei gedacht. Aber als er auch beim schönsten Wetter den ganzen Nachmittag bei mir im Laden sass, wurde mir schon etwas mulmig.

An einem Sonntag traf ich Tim mit seiner Grossmutter im Park. Ich habe sie gefragt, ob es ihr denn recht ist, wenn Tim ganze Nachmittage bei mir in der Buchhandlung verbringt. Sie war darüber ganz glücklich, da Tim sehr introvertiert sei und kaum mit jemandem spreche. Und schon gar nicht mit anderen Kindern spiele. Für mich war es, von dieser Begegnung an, so in Ordnung.

Wenn Tim es gerne tut und seine Oma einverstanden ist, habe ich nichts dagegen, dass er zu mir in die Buchhandlung kommt."

„Was sagen seine Eltern dazu?", fragte Mathias.

„Tim lebt bei seiner Oma. Seine Mutter ist vor etwa zwei Jahren sehr jung gestorben. Die Kunden erzählten sich, bei ihrem Tod seien Drogen mit im Spiel gewesen. Und wer der Vater sei, wisse keiner. Aber ob dies stimmt, weiss ich nicht."

„Und Tim kommt immer?"

„Ja. Zweimal pro Woche. Es ist so, dass ich mit ihm vereinbart habe, dass er sich ein Buch aussuchen und es den ganzen Nachmittag anschauen darf. Tim ist mittlerweile an den Tisch in der Büronische umgezogen. Dort hat er mehr Ruhe, wenn er seine Hausaufgaben macht. Ich habe ihn dazu überreden können, dass er sie hier macht. Dann sind die wenigstens erledigt, wenn er nach Hause kommt.

Zuerst hatte er sich geweigert. Er hat nie welche dabei gehabt. Bis er einmal mit einer Aufgabe Mühe hatte. Die haben wir hier gemeinsam gelöst. Seither bringt er seine Hausaufgaben mit."

Kati lächelte.

„Ich habe Tim nach ein paar Wochen ein Rätselheft gegeben. ,Fit für die Schule' oder so etwas in der Art. Wir haben eine Seite zusammen gelöst. Jetzt löst er je nach Laune eine oder zwei Seiten. Er kann doch nicht den ganzen Nachmittag nur Bücher anschauen!", sagte Kati energisch.

„Etwas anderes störte mich aber viel mehr. Tim sass den ganzen Nachmittag auf seinem Stuhl. Wie angeklebt! Und das in seinem Alter! Da kam mir die Idee mit den Büchern. Ich habe ihm gezeigt, wie man Bücher alphabetisch einordnet. Die unteren Tablare sind sein Bereich. So bewegt er sich wenigstens ein Bisschen. Und ich muss sagen, das macht er tiptop. Absolut zuverlässig. Und ich brauche mich nicht mehr zu bücken", schmunzelte Kati. „Er bekommt dafür von mir pro Nachmittag einen Euro. Das Geld kommt immer in seine rote Autospardose. Ich habe ihn schon ein paar Mal gefragt, ob er sich nicht etwas davon kaufen will. Tim hat jedes Mal den Kopf geschüttelt und seinen Euro in die Dose gesteckt."

„Wo wohnt Tim?"

„Drüben in der Betonsiedlung."

„Warst du schon einmal bei ihm zuhause?"

„Nicht direkt. Ich habe ihn nur einmal nach Hause gebracht. Es regnete. Viel mehr, es goss in Strömen, als Tim zurückwollte. Er hatte keine Regenjacke und auch keinen Schirm dabei. Da habe ich ihn mit einem Schirm begleitet. Er wollte das zwar nicht, aber ich habe darauf bestanden. Vor der Haustüre haben wir uns verabschiedet. Ich glaube, er wollte nicht, dass ich mit nach oben kam."

„Hast du seine Oma wieder gesehen?"

„Nein. Nur das eine Mal im Park."

Kati schwieg eine Weile. Dann schmunzelte sie.

„Ich habe das Gefühl, Tim mag dich sehr."

„Meinst du?" Mathias sah sie ganz überrascht durch seine Brille an.

„Er kam doch ab und zu heute Nachmittag mit seinem Buch zu dir."

„Ja. Er fragte mich immer wieder etwas aus seinem Buch."

Kati lächelte Mathias an.

„Für Tim ist das ein riesiger Vertrauensbeweis! Er ist sehr zurückhaltend. Er kam lange nicht auf mich zu, wenn er etwas brauchte. Ich musste immer wieder nachhaken. So langsam kommt es, dass er sich auch mal traut, auf mich zu zukommen und nach etwas zu fragen. Aber, dass er bereits am ersten Tag auf dich zugeht, ist ein Zeichen, dass er dich sehr mag."

Mathias mochte Tim mit seiner zurückhaltenden Art vom ersten Augenblick an. Es war ihm jedoch nicht aufgefallen, dass dies auf Gegenseitigkeit beruhte. Und es freute ihn sehr, dass Kati ihn darauf aufmerksam gemacht hatte.

„Dass er zum Abschied noch jedem von uns beiden die Hand gegeben hat, ist ganz neu."

Mathias sah sie fragend an.

„Normalerweise zieht er seine Jacke an, nimmt seine Sachen und ruft unter der Türe ‚Tschüss, Kati'. Und das war's. Bis heute. Ich habe nicht schlecht gestaunt, als er uns die Hand gegeben hat. Und es hat mich gefreut."

Mathias sah Kati ernst an.

„Hast du nicht manchmal das Gefühl, Tim sei undankbar, besonders wenn er so gar nichts sagt?", fragte er leise.

„Undankbar?", fragte Kati verdattert. „Ach, was. Tim ist einfach anders. Am Anfang dachte ich, er sei autistisch. Weil so gar nichts kam. Kein Blickkontakt, kaum ein Wort. Dann hatte ich Bedenken, ob er sich bei mir doch nicht so wohl fühlt."

Sie schmunzelte. Ihr Gesicht nahm diesen schelmischen Gesichtsausdruck an, den sie immer bekam, wenn sie etwas insgeheim amüsierte. Und ihre Strähne lag wieder auf der falschen Seite.

„Aber Tim kam erstaunlicherweise immer wieder. Und so langsam öffnet er sich. Langsam, aber immer ein wenig mehr."

Kati konnte es nicht verbergen, wie sehr sie das freute.

„Sie ist auch anders", dachte Mathias wieder.

2. Advent

Kati und Mathias hatten ausgiebig zusammen gefrühstückt.
Sie räumten zusammen die Küche auf und machten es sich
im Wohnzimmer bequem. Mathias setzte sich aufs Sofa und
Kati nahm im vorderen Sessel Platz. Sie hatten sich eben erst
hingesetzt, als Kati wieder aufstand und zur Terrassentür
ging.
„Die Sonne kommt durch."
Die letzten Tage war das Wetter grau in grau. Der eisige
Wind von Anfang Woche hatte sich zwar gelegt, aber die
düstere Stimmung war geblieben.
Jetzt setzte sich die Sonne zunehmend durch.
„Wollen wir spazieren gehen?", fragte Kati.
„Warum nicht."
„Wir können zur Brücke und dem Fluss entlang gehen. Dort
wird es um diese Jahreszeit am sonnigsten."
„Ich bin dabei."
Mathias stand vom Sofa auf. Kati freute sich, dass er sich
anscheinend auch gerne draussen die Beine vertrat.

Am Fluss war es wie auf einer Völkerwanderung. Die Sonne
hatte die ganze Stadt auf die Strasse gelockt. Als sie auf dem
Rückweg Richtung Altstadt kamen, gab es kaum ein Durchkommen mehr. Die Läden in der Innenstadt waren geöffnet,
und so war der Andrang dank dem schönen Wetter riesig.
Kati und Mathias bogen in eine Seitenstrasse ab, um wieder
an den Fluss zu kommen. Dort waren die Menschenmengen
nicht ganz so gross.
„Hast du an den Adventssonntagen nicht geöffnet?", fragte
Mathias.
„Nein. Wir hatten es in unserem Quartier einmal versucht,
um zu sehen, ob es sich lohnt, unsere Geschäfte zu öffnen.
Aber die meisten Leute gehen an diesen Sonntagen direkt in

die Stadt. So hat sich das nicht gerechnet und wir haben es wieder bleiben lassen. Ich bin auch nicht unglücklich darüber. Ich habe an den Adventssonntagen lieber frei."

Sie schlenderten weiter den Fluss entlang.

„Morgen müssen wir auch noch ins Getümmel. Vielleicht haben wir Glück, und es hat weniger Leute."

Mathias sah Kati fragend an.

„Ein paar Hemden, Hosen und Pullis sind fällig", erinnerte sie ihn.

„Oh je", stöhnte er gequält.

„Es wird schon nicht so schlimm werden."

„Müssen es unbedingt Hemden sein?"

„Wieso? Ziehst du die nicht gerne an?"

„Eigentlich schon. Aber ich kann nicht bügeln."

Kati lachte laut auf.

„Wie ist es mit Staubsaugen?"

„Mit was?"

„Staubsaugen. Wenn ich etwas nicht gerne mache, dann ist es Staubsaugen. Wenn du den Staubsauger übernimmst, bin ich für deine Hemden zuständig. Waschen und Bügeln ist mehr mein Ding", schmunzelte sie.

„Ich übernehme den Staubsauger und du kannst Hemden kaufen, so viel du willst", grinste Mathias zurück.

Montag

Sie machten sich früh auf den Weg, um einzukaufen. Kati und Mathias hofften, dass um diese Uhrzeit noch wenige Leute in den Geschäften waren. Kati suchte leidenschaftlich gerne Kleider aus. Und so hatte Mathias im Nu einen ganzen Stapel Kleider zum Anprobieren in der Kabine. Sie hatte eine sichere Hand, was die Auswahl der Grösse betraf und daher musste er wenigstens nicht noch viele verschiedene Grössen anprobieren.

Eigentlich machte es ihm Spass, die Sachen anzuprobieren. Wenn es nur nicht so eng und grauenhaft heiss in den Kabinen gewesen wäre. Ihm stand der Schweiss auf der Stirne.

„Alles probiert?", fragte Kati als er aus der Kabine kam. Den grössten Teil der probierten Kleider hatte er ihr schon auf den Arm gegeben. Und sie stand mit einem ganz schönen Haufen da.

„Es passt alles", meinte Mathias erleichtert. „Du hast ein gutes Auge für die Grössen."

„Sag das nicht. Bei dir kommt das wohl hin. Bei Stefan lag ich meistens auch richtig. Ihr seid beide gross. Aber bei Sebastian lag ich permanent daneben. Er war kleiner als ich und sehr schmal. Und er kaufte nicht gerne Kleider ein. Also habe ich sie ihm mitgebracht. Konstant zu gross! Die kannten mich schon in der Umtauschabteilung", lachte Kati.

Sie holte für sich auch noch eine Hose und einen Pullover.

„Puh, jetzt habe ich aber die Nase gestrichen voll. Nichts Schlimmeres als im Winter Kleider zu probieren. Bis man die Alten ausgezogen hat, ist man schon patschnass!", stöhnte sie.

„Wem sagst du das", grinste Mathias geschafft.

Mathias war zuerst gar nicht gern mitgegangen, weil er wusste, er konnte das Ganze gar nicht bezahlen. Mathias

graute immer vor solchen Situationen. Dieses Abhängig-
und Dankbarsein lag ihm jedes Mal auf dem Magen.

Mit Kati war es anders als sonst. Bevor er sich recht versah,
standen sie schon wieder auf der Strasse, und er hatte die
Bezahlung gar nicht mitbekommen.

„Kati, wegen dieser Sachen hier", er zeigte auf die vollen
Taschen.

„Arbeitskleider. Wie abgemacht", sagte Kati.

Nach dem Einkauf hatten sie es sich gemütlich gemacht.
Etwas Kleines gegessen und Kaffee getrunken.

Kati hatte Mathias einige Städteführer gegeben, um sie
durchzuarbeiten. Sie empfahl ihm, ein Buch pro Verlag
durchzulesen. Danach wisse er ziemlich genau, wer auf was
spezialisiert ist. Billig, teuer, Essen, Geschichte oder Kultur.
Das lag genau auf seiner Wellenlänge, das reinste Vergnügen. Im Nu hatte er die Bücher durch.

Nachmittags schien die Sonne wieder.

Sie nutzten das schöne Wetter und spazierten in Richtung
Fluss.

Heute waren weniger Leute unterwegs. Sie gingen zügig,
weil sie eine grosse Runde dem Fluss entlang und durch die
Altstadt laufen wollten.

„Bist du schon fit genug für dieses Tempo", fragte sie Mathias.

„Doch es geht wieder. Rennen möchte ich noch nicht, aber
so zügig zu gehen, ist kein Problem."

„Ich renne, auch wenn ich fit bin, nicht gerne", lachte Kati
ihn an.

Sie hatten Glück. Die Sonne schien, solange sie unterwegs
waren, und verzog sich erst hinter ein paar dicken Wolken,
als sie auf dem Heimweg am „Treff-Punkt" vorbeispazier-
ten.

Mathias stutze einen Moment.

„Wie bin ich eigentlich an dem Samstagabend zu dir gekommen?"

„Am Samstag?"

„Als ist hier umgekippt bin."

„Hier drauf." Kati tippte auf ihre Schultern.

„Getragen?", fragte er ungläubig.

„Das nun doch nicht. Geschleift kommt der Sache wohl näher", meinte Kati entschuldigend.

Mathias sah sie immer noch ungläubig an. Er konnte sich nicht vorstellen, wie sie ihn die ganze Strecke bis zu ihrem Haus gebracht hat. Sie war zwar gross, aber doch etwa einen halben Kopf kleiner als er. Zudem war sie für ihre Grösse eher zierlich .

„Ich würde sagen, Bruno sei Dank", sagte Kati erklärend, als sie seinen fragenden Blick sah. „Ich hab vor Jahren eine Weiterbildung belegt, die wir intern im Krankenhaus besuchen konnten. Bruno war begeisterter Rettungssanitäter. Und ein noch begeisterter Sportler. Asiatischer Kampfsport. Besonders Judo und Aikido. Er übernahm Griffe und Hebetechniken aus diesen Sportarten und wandelte sie ab. So machte er sie einsetzbar für den Umgang mit Patienten", erzählte Kati amüsiert.

„Das waren immer witzige Weiterbildungen. Denn Bruno war speziell. Total vernarrt in seinen Sport. Nicht alles war brauchbar, was er uns beibrachte. Aber wir hatten es immer lustig, vor allem, weil Körpereinsatz gefragt war.

Bruno brachte uns die vier ‚W' bei: Wo kriege ich wen wie weg!

Es gab schon einige Situationen, da war ich schon sehr froh über seine Techniken."

„Und das hat gut funktioniert bei mir?"

„Na ja. Vom Prinzip her schon. Aber du warst einfach zu nass. Ich bin dauernd an dir abgerutscht." Ihr Gesicht hatte wieder diesen schelmischen Ausdruck. „So, da wären wir wieder."

Sie waren im Vorgarten des Backsteinhauses angekommen.

Kati nahm die vier Stufen zur Eingangstür in zwei Schritten.

Mathias kam langsam hinterher.

„Mal sehen, wo ich den Schlüssel habe", sagte sie und kramte in ihren Jackentaschen. „Hier ist er ja."

„Kati."

„Ja?"

„Danke fürs Hierherbringen."
„Gern geschehen", sagte sie sanft und schloss die Tür auf.

Dienstag

Am nächsten Morgen wachte Mathias früh auf. Die paar Stunden, während deren er Kati zur Seite stand, hatten ihm Spass gemacht. Aber er war gespannt, wie es sein würde, wenn sie den ganzen Tag zusammenarbeiteten.

Es war seltsam. Auf der einen Seite war das Zusammenwohnen mit Kati in der kurzen Zeit schon fast Alltag. Ihm gefiel die Arbeit im Bücherladen mit jedem Augenblick mehr. Auf der anderen war er sich nach wie vor nicht sicher, ob er das alles so wollte. Ob es nicht doch einfacher wäre, sich gar nicht erst auf die Zusammenarbeit mit Kati einzulassen. Was passiert, wenn's schief geht? Eine Enttäuschung mehr. Und die würde mit jedem Tag, den er länger blieb, grösser. Aber im Moment hatte er nicht den Nerv, die Sache selbst zu beenden.

Geniess den Augenblick. Abwarten.

Mathias hörte Kati duschen.

Er musste schmunzeln. Eines musste er ihr lassen. Man merkte ihr an, dass sie Erfahrung im Zusammenleben mit anderen hatte. Die kleinen Abläufe im Alltag, die zu zweit ein wenig anders laufen als alleine, sprach Kati schon an, bevor ihm überhaupt die Idee kam, dass man diese regeln müsste.

„Guten Morgen. Das Bad ist frei."

„Guten Morgen. Ich komme."

„So, dann wollen wir mal."

Kati öffnete die Schiebetür der Buchhandlung.

Sie gingen in den Laden und Kati stellte den Computer an.

„Solang noch keine Kunden kommen, kann ich dir am Computer zeigen, wo und wie wir unsere Bücher ordern können. Die spanischen Bücher hast du ja schon mal bestellt. Aber die sind speziell. Die gewöhnlichen Bücher beziehen wir anders."

Kati erklärte Mathias die verschiedenen Möglichkeiten, die sie für die Bestellungen hatten.

„Sobald ich eine neue Bestellung habe, kannst du sie bearbeiten. So lernst du es am einfachsten."

Ein paar Minuten später kam prompt eine Kundin mit einer ganzen Liste von Büchern, die zu bestellen waren.

Kati half Mathias beim ersten Buch, danach schaffte er es alleine und sie konnte einer weiteren Kundin bei der Suche nach einem Buch behilflich sein.

Peter kam mit mässiger Laune. Schwungvoll verfrachtete er drei Schachteln mit Büchern in die Ecke.

Kati stellte Mathias als ihren neuen Mitarbeiter vor. Peter brachte ein kurzes „Hallo" zustande und war mit einem „Tschüss" wieder weg.

Kati und Mathias packten die erste Schachtel aus, als zwei Kunden unmittelbar nacheinander den Laden betraten. Der Herr steuerte auf das Gestell mit den Reisebüchern zu, die Dame ging in Richtung Fitness.

„Der Herr gehört dir, die Dame mir", flüsterte Kati Mathias zu.

„Wie meinst du das?"

„Bedienen. Fragen was sie brauchen. Du den Herrn, ich die Dame."

Mathias schaute Kati hinterher, wie sie auf die Dame zuging. Er hatte bis jetzt nur die Kasse betreut. Bedient hatte Kati. Jetzt war es ihm doch sehr mulmig zu Mute. Mathias hatte gar nicht ans Bedienen gedacht und seine Begeisterung hielt sich arg in Grenzen. Er seufzte und ging langsam auf den Herrn bei den Reiseführern zu.

Freundlich fragte er, ob er helfen könne.

„Ja, ich suche einen Städteführer für Wien."

„Waren Sie schon einmal dort?", fragte Mathias nach.

„Nein. Meine Frau und ich gehen zwischen Weihnachten und Neujahr das erste Mal nach Wien."

Mathias nahm die verschiedenen Bücher über Wien aus dem Regal und zeigte dem Herrn, in welchem er was fand.

Er entschied sich für ein etwas dickeres Buch mit mehr Inhalt über die Geschichte von Wien.

Mathias ging mit ihm zur Kasse, kassierte das Geld und verabschiedete den Kunden.

Kati hatte in der Zwischenzeit ein Buch über Beckenbodentraining verkauft.

Sie hatte mit einem Ohr zugehört, wie Mathias seinen ersten Kunden bedient hatte.

„Wie jemand, der das schon seit Jahr und Tag macht", dachte sie erleichtert. Sie war sich nach wie vor nicht sicher gewesen, ob Mathias mit seiner zurückhaltenden Art geeignet war für den Verkauf. Aber in seiner Art wirkte er sehr ruhig und überlegt und sie hatte das Gefühl, dass der Kunde ganz beeindruckt von Mathias war.

„Du bist ein Naturtalent", lachte sie fröhlich, nachdem die Kunden den Laden verlassen hatten.

„Ich habe nicht damit gerechnet. Aber das Bedienen macht mir mehr Spass, als ich erwartet habe"; antwortete Mathias sichtlich erleichtert und zufrieden.

„Der Herr brauchte ein Buch über Wien. Du lagst mit deiner Empfehlung, dass ich Städteführer lesen sollte, genau richtig", fügte er anerkennend hinzu.

„Schwein gehabt", schwächte Kati schmunzelnd ab.

Sie räumten weiter die gelieferten Bücher weg.

Nach und nach nahm die Anzahl der Kunden zu, die sie zu bedienen hatten.

Mathias fühlte sich schnell sicherer und ging nach jedem bedienten Kunden lockerer auf den Nächsten zu. Ab und zu fand er ein Buch nicht auf Anhieb, aber mit Katis Hilfe klappte es immer besser.

Kati war erstaunt, wie schnell Mathias sich in der Buchhandlung zurechtfand. Auch der Umgang mit dem Computer und der Kasse bereitete ihm keine Mühe.

Am Nachmittag wurde der Kundenandrang beinahe bedrohlich. So viele Kunden hatte Kati doch eher selten im Laden stehen. Natürlich war sie froh über den Andrang, aber für Mathias tat ihr leid, dass er am ersten ganzen Tag schon so viel zu tun hatte. Doch er bediente geduldig einen Kunden nach dem anderen. Kati wollte sich gar nicht ausmalen, was geschehen wäre, wenn sie ihn heute nicht gehabt hätte.

„An einem Dienstag so viele Leute! Das habe ich noch nie erlebt", stöhnte Kati nach dem sie hinter dem letzten Kunden die Ladentüre schloss. Ihre Haarsträhne hing wieder auf der falschen Seite.

„Du bist ein Geschenk des Himmels! Ich weiss gar nicht, wie ich ohne deine Hilfe diesen Andrang geschafft hätte", stellte Kati dankbar fest.

Ihre Freude machte Mathias ein wenig verlegen. Aber ihr Lob bedeutete ihm viel.

Weil er schon lange keine Arbeit mehr hatte, war eine Anerkennung von dieser Seite nicht möglich gewesen. Selbst als er noch an seiner letzten Arbeitsstelle tätig war, hatte er kaum Kontakt zu den anderen Mitarbeitern. An dem Ort im Betrieb, an dem er tätig war, kam kaum ein Mensch vorbei. So gab es äusserst selten ein Gespräch mit anderen und ein Lob schon überhaupt nicht.

Er war selbst überrascht, dass ihm der Kundenkontakt nichts ausmachte. Im Gegenteil, er mochte diesen Teil der Arbeit mit jedem weiteren Kunden lieber.

Sie rechneten zusammen die Kasse ab.

„Kommst du mit zur Bank?", fragte Kati.

„Gerne. Ein wenig frische Luft tut uns beiden sicher gut. Hier im Laden war zwischendurch eine Luft zum Schneiden", meinte Mathias.

„Allerdings. Es wurde plötzlich grässlich heiss. Ich war jedes Mal froh, wenn die Tür auf ging. Leider kann man nicht gut lüften, solange es draussen so kalt ist und die Kunden im Laden sind."

Sie machten sich auf den Weg zur Bank. Kati war froh, dass Mathias mitkam. Denn der Weg zur Bank mit den ganzen Einnahmen in der Tasche lag ihr jedes Mal auf dem Magen.

Früher waren Sebastian und sie immer gemeinsam gegangen. Mit ihm hatte sie sich sicher gefühlt. Doch seit seinem Tod musste sie das alleine machen und daran hatte sie sich bis heute nicht gewöhnt.

Als sie das Geld bei der Bank eingeworfen hatten, machten sie noch einen Umweg. Sie wollten sich die festlich geschmückten Häuser ansehen. Einige Strassenzüge waren wunderbar dezent geschmückt und die beiden blieben vor einzelnen Gebäuden stehen, um sich die Dekoration ein wenig genauer anzusehen. In anderen Strassenteilen blinkte des derart, dass sie zügig weiterliefen.

Es war schon dunkel, aber sehr klar. Und beide genossen die angenehm frische Luft.

Mittwoch

Kati und Mathias schüttelten ihre Jacken aus. Es hatte in der Nacht angefangen zu schneien. Ihre Jacken waren mit einer feinen Schneeschicht bedeckt, als sie im Laden ankamen.

„Ach, das habe ich dir ganz vergessen zu zeigen", sagte Kati, als sie neben die Kasse schaute.

„Sieh mal, Mathias, das sind Eintrittskarten für das Weihnachts-Musical am 4. Advent. Es ist eine Schüleraufführung, die in der Markuskirche stattfindet. Frau Roth, eine Lehrerin, die das Musical mitorganisiert, hat mich gefragt, ob wir auch Karten für sie verkaufen. Deshalb hängt am Schaufenster und an der Schiebetüre auch ein Werbeplakat. Falls also jemand nach den Tickets für das Musical ‚Der Hirt von Bethlehem', fragt, das sind diese hier." Kati zeigte auf einen Stapel mit Eintrittskarten.

„Das Geld für sie kommt hier in die Kasse." Kati holte eine graue Blechkassette hervor.

„Ist in Ordnung", nickte Mathias.

Kati nahm die Bücher aus der Sesselecke, die ein Kunde gestern liegen gelassen hatte und räumte sie weg.

Sie kam nachdenklich wieder zu Mathias.

„Glaubst du, das wäre etwas für Tim?", fragte sie Mathias.

„Was meinst du?"

„Dieses Weihnachts-Musical. Frau Roth hat mir erzählt, es würden über hundert Kinder mitwirken und es soll ganz einmalig werden. Die Aufführung ist am 4. Advent um halb fünf. Also nicht zu spät. Wollen wir mit Tim hingehen?"

„Wir fragen ihn und schauen, was er meint."

Nachmittags stand Tim wie gewohnt in der Buchhandlung. Es waren keine Kunden im Laden und er ging sowohl zu Mathias als auch zu Kati und gab ihnen die Hand.

„Hallo, Tim", begrüsste ihn Kati. „Hast du Hausaufgaben dabei?"

„Nein, schon alles fertig", antwortete er stolz.

„Prima. Ich habe nämlich ein neues Buch bekommen. Die Geschichte einer Strasse. Wenn du willst, kannst du es dir nachher ansehen", sagte ihm Kati.

Tim wollte sich schon an den Stapel Bücher machen, die er jeweils einräumte, als Kati ihn aufhielt.

„Warte einen kleinen Moment, Tim. Wir möchten dich etwas fragen. Hast du schon etwas vom Weihnachts-Musical gehört, das in der Markuskirche aufgeführt wird?"

Tim schüttelte den Kopf. Mathias hatte sich neben ihn gestellt.

„Das ist eine Aufführung wie im Theater, nur mit Musik. Es spielen mehr als hundert, also sehr viele Kinder mit. Sie spielen die Weihnachtsgeschichte, die Geburt von Jesus im Stall von Bethlehem. Jetzt möchten wir dich fragen, ob du Lust hast dorthin mitzugehen?" Kati deutete auf Mathias und sich.

Tim sah sie etwas ratlos an.

„Hast du auch schon einmal im Kindergarten an einer Theateraufführung mitgemacht?", fragte ihn Kati.

„Ja. Dornröschen", sagte er stolz.

„Wunderbar. Und genau so eine Aufführung, aber mit viel mehr Kindern wollen wir uns ansehen. Und wenn du Lust hast, kannst du mit uns kommen. Was meinst du? Möchtest du mit?", fragte Kati.

„Ja." Tim nickte bekräftigend dazu.

„Gut. Dann rufe ich deine Oma an und frage, ob das für sie so in Ordnung ist."

„Wir haben kein Telefon", sagte Tim verlegen.

„Dann schreibe ich ihr einen Brief. Den gibst du ihr, damit sie drauf schreiben kann, ob sie einverstanden ist. Ist das gut so?", fragte Kati.

Tim nickte heftig.

Mathias war ein wenig in die Knie gegangen, um mit Tim auf gleicher Höhe zu sein. Er lächelte ihn an.

„Ich freue mich jetzt schon darauf, mit dir ins Musical zu gehen", sagte Mathias freundlich.

„Ich auch", strahlte Tim zurück.

Tim ordnete seinen Stapel Bücher ein. Die Einladung hatte ihn sichtlich gefreut. Den Rest des Nachmittags schaute er sich das Buch an, das Kati ihm zur Seite gelegt hatte.

Kati sah, wenn immer Mathias Zeit hatte, ging er zu Tim, und sie schauten gemeinsam in das Buch. Es war berührend, die beiden zusammen zu sehen.

Tim hatte seinen Euro in die Kasse gesteckt und Kati drückte ihm den Brief in die Hand.

„So, dann grüsse deine Oma von uns und komm gut nach Hause."

Tim gab Kati die Hand.

„Mach ich", lächelte er.

Er verabschiedete sich noch von Mathias und verschwand durch die Schiebetür.

Mathias lächelte Kati zu. Kati erwiderte sein Lächeln und wandte sich dann der Kundin neben ihr zu.

„Gehen wir zusammen zur Bank?", fragte Mathias, als sie fertig waren.

„Ich bin froh, wenn du mitkommst. Ich gehe nicht gerne allein mit dem Geld dort hin", gestand Kati ihm erleichtert.

„In dem Fall gehen wir gemeinsam an die frische Luft", sagte Mathias fröhlich.

Es hatte aufgehört zu schneien und es lag eine dünne Schneeschicht auf den Strassen und Hausdächern. Das reichte, um eine beruhigende Stille zu schaffen.

Mathias und Kati schlenderten durch das Quartier zurück zum kleinen Backsteinhaus.

Später sassen sie im Wohnzimmer und arbeiteten sich durch die Bücher, die sie sich mit nach Hause genommen hatten.

Kati zündete die zwei Adventskerzen und die Kerze vom Küchentisch an.

Mathias sass auf dem Sofa ganz vertieft in ein Buch über Bali. Er hatte noch nie ein Buch über dieses Land gelesen. Sowohl vom Buch als auch vom Land war er völlig fasziniert.

Kati arbeitete sich durch ein paar neu erschienene Bücher mit Weihnachtsgeschichten.

Nach einer Weile war Mathias mit der Durchsicht des Buches fertig. Er blätterte noch ein wenig darin und behielt es dann ganz gedankenverloren in den Händen.

Er hätte sich nicht träumen lassen, dass er eines Tages solche Bücher einfach zur Ansicht mit nach Hause nehmen konnte. Und dies erst noch ein Teil seiner Arbeit war. Er legte das Buch behutsam auf den kleinen Tisch vor ihm.

Kati war noch in ihre Weihnachtsbücher vertieft. Auch wenn er es sich selbst zuerst nicht gern zugeben wollte. Er genoss diese Abende, die er mit Kati lesend verbrachte, mit jedem weiteren mehr.

Ihr war wieder ihre Haarsträhne auf die falsche Seite gerutscht.

„Sie ist anders", dachte er wieder.

Donnerstag

Der Morgen verlief zu Anfang recht ruhig. Mathias kümmerte sich um die gelieferten Bücher und Kati war mit neuen Bestellungen beschäftigt. Soeben betrat ein Herr das Geschäft und begann sich mit ihr zu unterhalten. Mathias war ganz ins Einordnen der neuen Bücher vertieft.

„Mathias, kommst du bitte!", rief ihm Kati zu.

Mathias fuhr es in die Glieder. Diese Aufforderung hatte er so oft gehört und sie hatte nie etwas Gutes mit sich gebracht. Nach diesen vielen Jahren kam ihm wieder dieses mulmige Gefühl hoch. Er schluckte und schritt widerwillig nach vorne zu Kati.

Sie war ganz in den Bildschirm vertieft, als Mathias sich neben sie stellte.

„Ah, da bist du ja", sie hob den Kopf kaum vom Bildschirm.

„Der Herr sucht ein Buch über Patagonien. Wir haben im Computer ein paar zur Auswahl gefunden. Er möchte aber eines, das nicht nur Bilder, sondern auch möglichst viel Text mit Infos über die Kultur und die Geschichte bietet. Ich habe ihm gesagt, wenn einer von uns weiss, ob eines der Bücher hier" – sie zeigte auf den Bildschirm – „dem entspricht, bist du es. Ich kenne nämlich keines", sagte Kati freundlich und machte Mathias den Platz vor dem Bildschirm frei. Er sah Kati einen Moment verdutzt an, bis ihm klar war, was sie von ihm wollte.

„Kennst du eines dieser Bücher hier?", fragte sie und rutsche noch ein Stück vom Bildschirm weg.

Mathias sah sich die abgebildeten Bücher auf dem Bildschirm an.

Ja, er kannte eines, das dem Wunsch des Kunden entsprach.

Kati nahm die Bestellung auf und der Kunde bedankte sich freudig bei Mathias für seine Hilfe.

Mathias ging gedankenverloren wieder nach hinten, um die restlichen Bücher einzuordnen. Er ärgerte sich über sich selbst. Er brachte es in seinem Alter immer noch nicht fertig, innerlich ruhig zu bleiben, wenn er gerufen wurde. Das unangenehme Gefühl traf ihn noch immer bei einer solchen Aufforderung.

Kati kam lachend auf Mathias zu.

„Du bist ein Segen. Ich weiss noch nicht einmal, wo Patagonien liegt und du bringst es fertig, dem Kunden darüber ein Buch zu empfehlen!", sagte sie fröhlich und half Mathias die restlichen Bücher einzuordnen.

Kati schloss die Haustüre auf. Sie zogen beide ihre Jacken aus und gingen in die Küche. Kati begann das Mittagessen zu kochen und Mathias deckte den Tisch.

„Ist dir Wok-Gemüse mit Reis recht?", fragte sie über die Schulter.

„Absolut."

„Wunderbar. Ich bin nämlich ein Wok-Fan. Alles kurz rein, Deckel drauf und die Sache ist fertig."

Kati füllte die Teller mit der Wok-Mischung und die beiden begannen zu essen.

„Apropos Wok und kochen", sagte sie zwischen zwei Bissen.

„Kochst du gerne?"

Mathias verzog entsetzt das Gesicht und Kati musste schallend lachen.

„Willkommen in Club!", neckte sie ihn.

„Weder Stefan noch Sebastian haben je freiwillig einen Topf oder eine Pfanne angefasst!"

„Aber ich bin ein dankbarer Esser", gab er zurück.

„Dann passt du bestens zu den beiden anderen", entgegnete sie lächelnd.

„Kochst du denn nicht gerne?", fragte Mathias unsicher.

„Doch, schon. Nur möchte ich einem leidenschaftlichen Hobbykoch nicht im Wege stehen. Das wäre wirklich jammerschade."

Die Sonne drückte plötzlich durch die Wolken und schien hell ins Wohnzimmer.

Sie verräumten schnell das Geschirr und machten sich etwas früher auf den Weg in die Buchhandlung. Sie nahmen einen Umweg, um ein wenig länger draussen zu sein und die Sonne zu geniessen.

Gegen Abend kamen viele Kunden, um ihre bestellten Bücher abzuholen. Sie hatten alle Hände voll zu tun.
Als Kati ihre letzte Kundin bedient hatte, schaute sie zu Mathias rüber. Er half einer Kundin bei der Auswahl eines Buches für ihren Mann. Seit bald zehn Minuten überlegte sie laut, ob sie das Buch kaufen sollte oder nicht. In einer Seelenruhe hörte er sich das Für und Wider an.
Kati sah ihn von der Seite an. Die Haare am Rand seiner Glatze kamen grau zum Vorschein, was ihm ausnehmend gut stand. Und er hatte etwas zugenommen. Als sie ihn vor rund zehn Tagen das erste Mal seit langem wieder sah, war sie erschrocken, wie mager er geworden war. Die runden, starken Brillengläser hatten dadurch seine Augen noch mehr vergrössert.
Mathias hatte eines seiner neuen Hemden mit einem dunkelblauen Pullover an.
„Eine richtig stattliche Erscheinung", gestand sich Kati ein.
Sie schmunzelte vor sich hin. Am Anfang hatte Kati Bedenken gehabt, ob Mathias nicht zu zurückhaltend sei. Es war zwar genau das gewesen, was sie an ihm mochte. Aber sie war sich nicht mehr sicher gewesen, ob das in der Buchhandlung nicht doch fehl am Platz war.
Sie hatte sich gewaltig geirrt. Er hatte seine anfängliche Scheu vor den Kunden überwunden, ging in seiner ruhigen Art auf jeden zu und bediente ihn mit einer Engelsgeduld, die Kati bei sich selbst oft sehr vermisste.
Die Kundin hatte es doch noch geschafft, das Buch zu kaufen und verabschiedete sich wortreich.
„So, das war noch der krönende Abschluss", seufzte Kati.
„Immerhin, sie hat das Buch gekauft". gab Mathias zufrieden zurück.

Sie brachten das Geld zur Bank und entschlossen sich noch über die Brücke zur Altstadt zu gehen. Die Sonne hatte sich am Nachmittag lange durchsetzen können und es war angenehm mild. Der Schnee von gestern war verschwunden.

Freitag

Mathias sah auf seine Uhr und freute sich, dass er noch ein wenig liegen bleiben konnte.
Aber er wartete schon auf das Klopfen von Kati. Seit dieser Woche weckte sie in jeden Morgen. Es war für ihn bereits zu einem lieb gewonnenen Ritual geworden.
Mit ihr zu frühstücken. In die Buchhandlung zu spazieren. Zu arbeiten.
Er arbeitete gern mit ihr. Kati gab ihm das Gefühl, dass sie ihn brauchte und dass sie seine Arbeit schätzte. Und das spornte ihn regelrecht an.
Im Moment hatte er wirklich keinen Nerv die Sache zu beenden. Abwarten, sagte er sich wieder.
Mathias wollte sich noch einmal zur Seite drehen, als er ihre Stimme hörte.
„Guten Morgen. Das Bad ist frei."
„Guten Morgen. Ich komme."

Nachdem Kati und Mathias die bestellten Bücher in die Regale versorgt hatten, verzog sich Kati in die Büronische um Rechnungen per Internet zu bezahlen.
Mathias bediente im Laden die Kunden.
Als Kati mit den Rechnungen fertig war, sah sie, dass kein Kunde mehr da war.
„Mathias, möchtest du auch einen Kaffee", rief sie in den Laden.
„Gerne, ich komme."

Sie setzten sich an den kleinen Tisch. Mathias fielen die Bücher auf dem Regal über dem Tisch auf.

„Die gehören Tim. Ein Rätselheft und sein Lieblingsbuch ‚Paolos neue Familie'", erklärte Kati.

Mathias blätterte das Buch durch. Es handelte von einem kleinen farbigen Jungen, der seine Eltern durch einen Unfall verloren hatte und erst nach einer mühseligen Suche nach seinem Onkel dort ein neues Zuhause fand.

Auf der letzten Seite war der Onkel mit seiner Frau, seinen beiden Kindern und Paolo gezeichnet. Alle strahlten den Betrachter an.

Mathias Gesichtsausdruck verfinsterte sich. Er sah sich die letzte Seite lange an. Mathias legte das Buch mit offensichtlichem Missfallen zurück.

„Ich kann solche Bücher nicht ausstehen. Alles lächelt auf dem letzten Bild! Die schöne heile Welt! Die Bücher hören immer dann auf, wenn es problematisch wird. Wenn der Alltag beginnt. Und von der schönen heilen Welt nichts mehr übrig bleibt!", sagte Mathias bitter.

Er trank seinen letzten Schluck Kaffee.

„Sag das lieber nicht zu Tim. Es ist sein Lieblingsbuch", entgegnete Kati vorsichtig.

Mathias nickte kurz und ging wieder nach vorne.

Tim sah sich das Buch fast jedes Mal an, wenn er zu ihr kam. Entsprechend abgegriffen sah es aus. Kati hatte es deshalb zur Seite gestellt. Sie hatte es ihm bis jetzt nie vorgelesen. Er wollte es sich immer nur ansehen.

Kati sah nochmals nachdenklich auf das Buch und schüttelte den Kopf.

„Tja, so sieht es jeder anders", sagte sie zu sich selbst.

Am Nachmittag war im „Treff-Punkt" Grossandrang.

Kati staunte einmal mehr über Mathias Ruhe. Er arbeitete noch keine Woche in der Buchhandlung und kam mit diesem Kundenandrang problemlos zurecht.

Sie schlossen das Geschäft, gingen zur Bank und dann direkt nach Hause. Nach dem milden Wetter von gestern hatte es heute zu regnen begonnen. Jetzt war aus dem Fieseln ein richtiger Landregen geworden und beide kamen durchnässt beim Backsteinhaus an.

Nach den Abendessen stellte Kati das Bügelbrett in die Küche und holte einen Korb voll Bügelwäsche aus dem Keller.

„So, wenn du bügelst, werde ich mir den Staubsauger holen", schmunzelte Mathias.

Als sie fertig waren, machte Kati für beide einen Tee. Sie setzten sich noch einen Moment aufs Sofa und blätterten in ihren Büchern. Nachdem sie den Tee getrunken hatten, gingen sie früh ins Bett. Schliesslich war morgen der zweitletzte Samstag vor Weihnachten und sie erwarteten nicht, dass es ein ruhiger Tag würde.

Samstag

Es wurde nicht ruhig. Früh morgens ging es los. Die Kunden holten ihre bestellten Bücher ab. Viele neue wurden bestellt.

Schon nach kürzester Zeit hing Katis Strähne auf der falschen Seite.

Mittags kam Tim. Als er sah, was für ein Betreib im Laden war, schnappte er sich unauffällig die Bücher, die zum Versorgen bereit lagen und ordnete sie in die Regale ein.

Wenn ein Buch in der Leseecke liegen blieb, fragte er Kati, wo er es einräumen müsse.

Kati war ganz gerührt, als sie sah, wie er sich bemühte, ihnen zu helfen.

Tim blieb bis zum Ladenschluss. Normaleweise schickte Kati ihn im Winter etwas früher nach Hause. Aber in dem Gewühl, hatte sie es ganz vergessen.

Kati sah sich suchend um, als sie auf die Strasse traten.

„Dort vorne ist eine Imbissbude. Ich glaube, die hat noch offen. Habt ihr auch einen solchen Hunger?", fragte Kati.

Tim nickte zaghaft.

„Ich habe immer Hunger", antwortete Mathias.

„Ist es schlimm, wenn du ein wenig später nach Hause kommst?", fragte sie Tim.

„Nein, das macht nichts."

Mathias und Tim bestellten sich je einen Hotdog, Kati nahm eine Currywurst.

Kati und Mathias begannen gerade zu essen, da hatte Tim bereits schon die Hälfte seines Hotdogs verschlungen.

„Tim, hat dir deine Oma den Brief wieder mitgegeben?", fragte Kati.

„Ja, ich habe ihn hier."

Er wollte ihn aus der Jacke holen, aber seine Hände waren voll Ketchup.

„Du kannst mir den Brief noch nachher geben", sagte Kati.

„Ist sie einverstanden, dass du mit ans Konzert kommst?"

Tim nickte kauend.

„Das freut mich", strahlte Kati.

Mathias sah, dass Tim bereits fertig war mit seinem Essen.

„Magst du eine Waffel zum Abschluss?", fragte er ihn.

Tim nickte. Mathias holte ihm eine am Tresen.

Im Nu schaffte Tim auch die Waffel, die ganz schön grosse Ausmasse hatte.

„Ich glaube, wir bringen dich jetzt nach Hause. Es ist doch ziemlich spät geworden und ich möchte nicht, dass sich deine Oma unnötig Sorgen macht", sagte Kati.

Sie mussten sich alle noch die Hände waschen, denn bei jedem klebte es irgendwo.

„Hier ist der Brief."

Tim streckte Kati den Brief entgegen und sie sah ihn sich kurz an.

„Ich bin einverstanden", hatte sie drauf gekritzelt.

„Prima. Dann bringen wir dich jetzt nach Hause." Kati faltete den Brief zusammen.

Sie brachten Tim bis zur Eingangstüre des Wohnblocks.

Er gab Kati seine Hand.

„Danke fürs Essen."

„Gern geschehen. Ich danke dir für deine Hilfe heute Nachmittag. Die haben wir bei den vielen Leuten wirklich gut gebrauchen können", bedankte sich Kati bei Tim.

Tim gab Mathias die Hand und verabschiedete sich von ihm.

„Ich freue mit auf Mittwoch, wenn wir uns wiedersehen.", rief Mathias ihm hinterher.

Tim strahlte Mathias an. Er schlüpfte durch die Eingangstüre und rief den beiden „Gute Nacht" über die Schulter zu.

Kati und Mathias brachten auf dem Heimweg noch das Geld zur Bank.

Es regnete nicht mehr. Aber es war eine neblig feuchte Atmosphäre entstanden und sie gingen zügig in Richtung Backsteinhaus.

Kati zog ihre Jacke aus, als Mathias sah, wie sie sichtlich erschrak.

„Ist morgen dritter Advent?", fragte sie.

„Ja."

„Ach, du liebe Zeit. Oma Hansen. Sie habe ich total vergessen!"

Kati zog die Jacke gleich wieder an.

„Ich muss noch mal weg. Ich erkläre es dir später. Sie ist eine ältere Dame, die ich immer wieder besuche. Es wird wohl eine Weile dauern, bis ich wiederkomme. Bis später!"

Sie sagte es und war durch die Tür verschwunden.

Mathias zog seine Jacke aus und ging ins Wohnzimmer. Er war ganz überrascht und auch enttäuscht. Er hatte sich sehr gefreut, dass sie mit Tim etwas Kleines gegessen hatten, und er war von einem gemütlichen Abend mit Kati ausgegangen. Er setzte sich hin. Alleine machte es ihm keinen Spass. Seltsam wie schnell er sich an Katis Gesellschaft gewöhnt hatte. Vielleicht sollte er sich doch noch einmal die Beine vertreten, dann ging es schneller bis sie zurückkommen würde.

Er zog seine Jacke wieder an und ging durch den Vorgarten auf die Strasse.

Zuerst war er unschlüssig, welchen Weg er nehmen sollte, machte sich dann aber auf in Richtung Strassenbahn. Es war unfreundlich feucht. Allzu weit würde er nicht gehen. Auf der anderen Strassenseite kam ihm ein eng umschlungenes Paar entgegen.

Es fuhr ihm durch Mark und Bein!

Er schaute noch einmal zur anderen Seite. Das Paar ging im Moment an einer Strassenlaterne vorbei. Da konnte er es gut erkennen. Es war Katis Jacke! Sie hatte eine auffällige Wildlederjacke, die aus vielen verschiedenfarbigen Lederteilen zusammengesetzt war.

Mathias war zuerst ganz benommen. Dann drehte er sich um, und ging den beiden hinterher. Er blieb auf der anderen Strassenseite.

Er sah, wie der Mann den Arm um Katis Schultern gelegt hatte und sie ihn um seine Hüften hielt. Er konnte sie zwar nicht verstehen, hörte aber, dass sie sich unterhielten.

Jetzt gingen sie links durch den Vorgarten in ein stattliches Jugendstilhaus. Kati ging mit dem Mann hinein und sie machten innen das Licht an. Durch die Glastüre konnte er erkennen, dass sie sich umarmten.

Er ging fassungslos ein wenig näher auf das Haus zu. Da ging die Tür wieder auf. Kati hatte ihre Jacke noch an, als sie durch den Vorgarten zurückkam.

Über die Schulter rief sie ins Haus "…das liebe ich so an dir!"

Sie suchte etwas auf der Strasse.

„Ah, da ist er ja."

Sie bückte sich und hob es auf.

Von innen hörte er ihn nach Kati rufen.

„Ich komme!", rief sie zurück und war in ein paar Sätzen wieder im Haus verschwunden.

Mathias war wie vor den Kopf geschlagen.

Das war also die wichtige Oma Hansen!

Fassungslos ging er zum Backsteinhaus zurück.

Mathias setzte sich ins Wohnzimmer.

Er hatte geglaubt, Kati sei anders. Anders als die Frauen, mit denen er eine Beziehung gehabt hatte.

Ja, sie war anders! Noch viel schlimmer, dachte er grimmig.

Eigentlich konnte er seine Sachen packen und gehen.

Ihm war plötzlich fürchterlich schlecht.

Erst zehn Minuten vorbei.

Mathias wurde immer elender. Kati hatte ihm doch gestern den Kirsch in der Küche gezeigt. Sie hatte noch lachend gesagt: Für den Notfall, falls dir schlecht ist!

Ihm war schlecht. Speiübel!

Mathias fand kein kleines Glas. So nahm er sich eben ein normales.

Er goss sich etwas Kirsch ins Glas und leerte es in einem Zug.

Es war mehr als er erwartet hatte und er verschluckte sich fürchterlich. Es brauchte eine ganze Weile bis sich der Hustenanfall wieder legte.

Er ging unruhig im Wohnzimmer hin und her. Irgendwie machte das alles keinen Sinn. Sie war doch die letzen Tage mit ihm hier zuhause gewesen. Sie hatten sich doch zusammen wohl gefühlt. Glaubte er wenigstens.

Eine halbe Stunde.

Wieso kam sie solange nicht. Klar, sie liebte den anderen!

Mathias goss sich noch ein Glas Kirsch ein. Dieses Mal ging's ohne Hustenanfall.

Wieso hatte sie ihm nichts von dem anderen gesagt? Das wäre doch nichts anderes als fair gewesen. Sie hatte jedoch auch nie einen Grund gehabt, es ihm zu sagen. Sie hatte von Anfang an nur von Freundschaft gesprochen.

Er ging wieder hin und her. Irgendwie kam ihm das Wohnzimmer plötzlich seltsam leer vor.

Eine Stunde.

Mathias war immer noch elend.

Er goss sich noch einen Kirsch ins Glas und trank ihn aus. Er hatte den Eindruck, der Kirsch nütze seinem Magen überhaupt nichts.

Er versuchte zu lesen. Nach ein paar Minuten gab er es entnervt auf. Er konnte sich nicht konzentrieren.

Anderthalb Stunden.

Wo blieb sie bloss! Mathias hatte die letzten Abende mit Kati genossen. Jetzt musste er sich sogar eingestehen, dass er sie mehr genossen hatte, als ihm bewusst war.

Von ihm aus, hätte alles einfach so weiter gehen können. Und jetzt das!

Zwei Stunden.

Sie waren doch noch mit Tim in der Bude gewesen. Sie waren zwar alle etwas schweigsam, aber Mathias hatte dies auf die Müdigkeit nach diesem anstrengenden Tag im Laden zurückgeführt.

Zudem war Kati nicht jemand, die immer redete.

Sie waren an den Abenden häufig nebeneinander her spaziert. Jeder in seinen Gedanken. Es war genau das, was er an Kati so liebte! Einen Moment stutze er.

Ja, das war es. Er liebte sie. Er hatte sich in den letzten zwei Wochen schlicht und einfach in sie verliebt!

Er goss sich noch einen Kirsch ein. Dann musste er aufhören. Sonst würde er es nicht mehr schaffen, Kati zur Rede zu stellen. Seinem Magen ging es zwar nicht besser, aber er merkte, dass er müde wurde.

Kati schloss die Tür auf.

„Hallo", rief sie in Richtung Wohnzimmer. Dort brannte zwar Licht, aber sie bekam keine Antwort. Verwundert ging sie sofort hinein.

„Was ist denn hier los?", fragte sie Mathias scharf, als sie die Kirschfalsche sah.

Mathias stand auf und kam beträchtlich ins Schwanken.

„Wo ... warst ... du?", fragte er sie gereizt, wobei er Mühe hatte, die Worte raus zu kriegen.

„Was?", fragte Kati verwundert.

„Wo ... du ... warst?"

„Bei Oma Hansen", gab sie genervt zur Antwort.

„Warst ... du ... nicht!"

„Wie bitte?"

„Du warst ... beim Nachbarn!", sagte Mathias grimmig.

„Wo war ich?"

„Beim Nachbarn!", rief er aus.

„Und du … liebst ihn!"

Als er das sagte, schwankte er dermassen nach vorne, dass es Kati zu gefährlich wurde.

Sie schnappte seinen linken Arm und legte ihn über ihre Schulter. Mit ihrer rechten Hand packte sie ihn an seinem Hosenbund.

„Jetzt reicht's aber! Bevor du hier Schiffbruch erleidest, bringe ich dich lieber ins Bett!"

Sie brachte ihn in sein Zimmer und Mathias ging ohne Widerspruch mit ihr mit.

„Wenigstens läuft er noch selber", dachte Kati missmutig.

Sie half Mathias, sich aufs Bett zu legen.

„Ich komme gleich wieder. Ich ziehe mir nur endlich meine Jacke aus", knurrte Kati.

Als sie zurück ins Zimmer kam, schlief er bereits fest.

Sie setzte sich geschafft aufs Bett.

Was war das denn gewesen?

Sie nahm Mathias die Brille ab, zog ihm seine Hose und sein Hemd aus und deckte ihn zu.

Sie setzte sich im Wohnzimmer aufs Sofa und überlegte, was Mathias gemeint hatte.

Kati war todmüde und kam auf keinen klaren Gedanken. Sie räumte das Glas und die Kirschflasche weg.

Kati setzte sich auf einen Küchenstuhl und grübelte nochmals eine Weile.

Langsam verwandelte sich ihr ernster Gesichtsausdruck in ein Lächeln.

Wenn sie nicht alles täuschte, war das soeben eine handfeste Eifersuchtsszene gewesen!

Nachdenklich blieb Kati am Tisch sitzen.

Da half alles nichts. Sie musste mit Mathias sprechen. Sie musste wissen, woran sie mit ihm war!

3. Advent

Kati war schon früh auf den Beinen. Sie hatte schlecht geschlafen und ihr war elend.

Sie wartete darauf, dass Mathias endlich aufstand.

„Wieso schläft er ausgerechnet heute so lange? Wieso wohl … ? Nach dem gestrigen Abend war das kein Wunder", schimpfte sie mit sich selbst.

Kati war ganz unruhig, weil sie sich ihrer Sache doch nicht sicher war.

Sie wollte sich einen Kaffee kochen. Besser einen Tee, entschloss sie sich. Sonst würde sie noch nervöser werden.

Eines war sicher. Sie musste es ansprechen, denn Mathias würde es von sich aus nicht tun.

Und genau das lag ihr auf dem Magen.

Sie schaffte es kaum, einen Moment ruhig auf dem Stuhl zu sitzen. Wenn er bloss endlich aufstehen würde!

Sie fischte sich den Teebeutel aus der Tasse, trank einen Schluck und verbrannte sich jämmerlich.

„So ein Mist!" schimpfte sie.

Endlich! Sie hörte, wie Mathias ins Bad ging und duschte.

„Er hört ja gar nicht mehr auf zu duschen!" dachte sie zerknirscht.

Es dauerte eine Ewigkeit, bis er endlich im Bad fertig war.

Mathias kam in die Küche, ohne Kati anzusehen.

„Guten Morgen", grüsste sie ihn.

„Guten Morgen", kam es leise zurück.

Mathias setzte sich an den Küchentisch.

Kati stand bei der Anrichte.

Er sah bleich aus. Er sah sie nicht an, sondern starrte auf den Küchentisch.

Kati musste sich an der Anrichte anlehnen, so nervös war sie.

Sie holte einmal tief Luft.

„Also, wegen gestern Abend. Ich habe das noch nie so gemacht, aber ich glaube, es ist nötig, alles in einem Aufwisch hinter sich zu bringen. Als erstes, ich wollte Oma Hansen vor zwei Wochen besuchen. Ich musste meinen Besuch verschieben, da ich dich krank auf der Strasse getroffen habe. Gestern wollte ich sie wieder besuchen. Da ist mir Michael, der Nachbar von vorne, krank über den Weg gelaufen. Scheint als hätte ich das Glück, dauernd kranken Männern zu begegnen. Er übergab sich in dem Moment, als ich ihn an der Haltestelle der Strassenbahn traf. Er hatte Fieber und konnte sich kaum auf den Beinen halten. Also habe ich ihn nach Hause begleitet, obwohl ich nichts weniger mag, als jemanden mit Darmgrippe zu betreuen. Das Zeug ist so grässlich ansteckend! Als ich ihm draussen den Handschuh geholt habe, den er verloren hatte, habe ich ihm aus diesem Grund auch zugerufen, dass ich ihn wegen seiner grossen Ansteckungsgefahr so liebe. Ich hatte nämlich zwei Mal das zweifelhafte Vergnügen, sein Erbrochenes aufzuwischen. Seine Frau Christine kam dann, Gott sei Dank, nach Hause, und ich konnte doch noch kurz zu Oma Hansen. Sie ist eine ältere Witfrau, die ich seit Jahren regelmässig besuche.

So, das war das Erste. Als Zweites muss ich mich leider korrigieren. Ich habe dir gesagt, wir können hier in aller Freundschaft zusammen wohnen. Das schaffe ich nicht."

Kati schluckte.

„Ich muss das ändern in: in Liebe. Ich habe mich in dich verliebt", fügte sie leise an.

Jetzt war's raus. Kati war total geschafft. Sie hatte zwar versucht, nicht zu schnell zu sprechen. Aber dann war sie das Ganze doch so ziemlich ohne Punkt und Komma losgeworden.

Mathias sass auf dem Stuhl und sah sie immer noch nicht an.

Kati wurde immer elender.

Da stand Mathias auf und ging langsam auf sie zu. Er blieb dicht vor ihr stehen und sah sie ernst an.

„Kannst du das wiederholen?", sagte er leise.

„Was?", rief Kati entsetzt. „Ich bin froh, dass ich es einmal heil raus bekommen habe!"

Mathias lächelte sie liebevoll an.

„Nur den Schluss."

Er strich ihr sanft die Strähne aus der Stirne und nahm sie in die Arme. Er hielt sich an ihr fest, denn ihm war ein wenig schwindelig von dem, was Kati ihm soeben gesagt hatte. Und von gestern Abend. Doch das Wichtigste war, sie hatte keinen anderen! Und sie liebte ihn.

„Ich liebe dich auch", sagte er sanft an ihrem Ohr.

Er küsste Kati vorsichtig. Kati erwiderte den Kuss und schmiegte sich fest in seine Arme. Er hätte sie am liebsten gar nicht mehr losgelassen.

Gestern wollte er noch davonlaufen, so enttäuscht war er gewesen. Und jetzt platzte er fast vor Freude!

„Du bist einmalig", sagte er leise.

Kati löste sich etwas und sah ihn verlegen an.

„Wie meinst du das?"

„Ich habe mindestens drei Gläser Kirsch gebraucht, bis ich mir eingestehen konnte, dass ich dich liebe. Und du machst mir eine Liebeserklärung, ohne Luft zu holen, einfach so."

„Schön wär's", sagte Kati gequält.

„Du weißt gar nicht, wie viel Überwindung mich das gekostet hat. Ich habe die ganze Nacht nicht geschlafen."

Sie hatte wirklich tiefe Ringe unter den Augen.

„Und mir brummt der Schädel."

„Möchtest du etwas dagegen?", fragte Kati besorgt.

„Ja. Hinlegen", sagte er grinsend.

Sie nahm seine Hand, zog ihn in ihr Schlafzimmer und schloss die Tür.

Kati schlief fest in seinem Arm. Sie hatten sich geliebt. Sanft und behutsam. Mit Kati war es einfach, so selbstverständlich gewesen. Sie hatte den ersten Schritt gewagt, ihm gesagt, was sie empfand. Er hatte bemerkt, wie viel Überwindung sie das gekostet hatte. Dadurch fiel es ihm leichter sich zu öffnen. Er konnte sich nicht erinnern, schon jemals so glücklich gewesen zu sein.

Sie hatte sich fest an ihn geschmiegt und war sofort eingeschlafen. Er zog sie noch ein wenig näher an sich und versuchte zu dösen. Zum Schlafen war er viel zu aufgewühlt. Aber auf eine wunderbare Art.

Als Kati aufwachte, lag sie immer noch in Mathias Arm. Er hatte seine Brille angelassen und war eingenickt. Er öffnete die Augen, als Kati sich bewegte.

„Wie geht's?", fragte er sie sanft.

„Besser", lächelte sie.

„Mir war hundeelend vor Aufregung und Müdigkeit."

„Dann bleiben wir einfach noch liegen", meinte Mathias.

„So einen kleine Augenblick würde sich das sicher lohnen", schmunzelte Kati und begann Mathias zu küssen. Sie liebten sich noch einmal.

„Jetzt muss ich duschen. Sonst werde ich heute überhaupt nicht mehr wach!", sagte Kati, drückte Mathias einen Kuss auf die Stirn und schwang sich aus dem Bett.

„Es ist schon drei", stellte sie erstaunt fest. „Ich habe einen riesigen Hunger. Wir haben schliesslich heute noch nichts gegessen."

Als Kati das Essen ansprach, merkte Mathias, dass er auch ein Loch im Bauch hatte.

Kati zündete drei Adventskerzen an, danach die auf den Küchentisch und sie begannen ausgiebig zu frühstücken.

„Wenn ich mich recht erinnere, war die Currywurst das einzige, was ich seit gestern Morgen gegessen habe", meinte Kati, bevor sie herzhaft in ihr Brötchen biss.

„Bei mir war's der Hotdog", überlegte Mathias kauend.

„Also zumindest essensmässig habe ich gestern nicht über die Stränge gehauen", schmunzelte er.

Kati winkte lachend ab. Sie konnte im Augenblick nichts erwidern, denn sie hatte den Mund voll.

Nach dem Essen räumten sie zusammen die Küche auf.

Das Wetter war zwar immer noch so fisselig, aber sie wollten trotzdem einen Spaziergang machen.

Sie schritten die Stufen hinunter in den Vorgarten, und Mathias legte den Arm um Kati. Sie lehnte sich an ihn, und sie gingen eng umschlungen den Weg in Richtung Brücke. Kati genoss es, dass Mathias sie festhielt. Es war doch schon lange her, dass jemand sie in den Arm genommen hatte. Sebastian und sie waren füreinander da gewesen. Aber das war etwas anderes. Eine reine Freundschaft. Sie hatte Sebastian geliebt, aber als Freund. Mehr nicht.

Bei der Brücke nahmen sie die entgegengesetzte Richtung wie üblich. Sie kamen an der Markuskirche vorbei.

„Hier ist in einer Woche das Konzert", sagte Kati.

„Stimmt. Ich freue mich schon darauf. Besonders freut es mich, dass Tim mitkommt". sagte Mathias.

„Ich hoffe sehr, dass es ihm gefällt", fügte Kati nachdenklich hinzu.

„Kennst du die Kirche von innen?"

Mathias schüttelte den Kopf.

„Ich auch nicht. Nächsten Sonntag wissen wir mehr."

Sie gingen an der Kirche vorbei und bogen in die nächste Strasse, die wieder zum Fluss führte. Die Feuchtigkeit des nebligen Wetters drang durch ihre Jacken und so gingen sie nach Hause.

Kati hatte ganz nasse Haare von der feuchten Luft und Mathias standen Wassertropfen auf der Glatze. Das letzte Stück Weg hatte er Mühe, etwas zu sehen. Seine Brille war mit einer nebligen Wasserschicht bedeckt und beschlug sofort wieder, nachdem er sie geputzt hatte. Zuhause rieb sich Mathias zuerst Brille und Kopf trocken und Kati musste sich die Haare föhnen, so nass waren sie geworden.

Kati machte für beide Tee, und sie setzten sich aufs Sofa.

Kati kuschelte sich mit ihrem Buch an Mathias rechte Schulter. Er küsste sie auf die Stirn und legte den Arm um sie.

„So macht Lesen doch viel mehr Spass", meinte er fröhlich.

„Allerdings. Was hast du für ein Buch?"

„Eines über Marokko. Ich kenne dieses Land noch überhaupt nicht. Und du?"

„Eine Sammlung mit Weihnachtsgeschichten. Sie sind schön kurz und lassen sich gut lesen. Und vor allem sind sie etwas fürs Gemüt."

„Und das hast du nötig?", neckte Mathias.

„Aber sicher! Brav nach dem Motto, man empfiehlt nur ein Buch, das man gelesen hat, habe ich mich die letzten Tage durch vier verschiedene Aufräumratgeber gekämpft! Einmal simpel, einmal für jedermann, einmal Feng-Shui und einmal Business. Jetzt brauch ich etwas fürs Gemüt!", stöhnte sie.

Montag

Kati wachte am nächsten Morgen zuerst auf. Mathias schlief noch. Er lag auf dem Rücken und sie rutschte näher an seine Schulter.

Sie hatte sich bis zu diesem Wochenende nicht vorstellen können, je wieder ihr Bett mit einem Mann zu teilen.

Das Haus zu teilen, war für sie in Ordnung gewesen. Aber mehr nicht.

Und jetzt lag Mathias neben ihr. Sie lächelte. Und das war nicht nur in Ordnung. Es war viel mehr. Es war ein unbeschreiblich schönes Gefühl mit ihm hier zu liegen. Für Kati war das Alleinsein zum Alltag geworden. Sie hatte es als Tatsache akzeptiert. Sie hatte es sogar geschätzt. Und sie war sich auch nicht sicher gewesen, ob sie ihre so entstandene Freiheit wieder aufgeben würde. Umso überraschter war sie, wie sehr sie jetzt seine Nähe liebte.

Kati schmunzelte. Sie musste sich im Nachhinein eingestehen, sie hatte seine Nähe förmlich gesucht.

Seit Mathias bei ihr wohnte, hatte sie sich nicht einen Abend in ihr Zimmer zurückgezogen oder war abends noch weggegangen. Sie war gar nicht auf die Idee gekommen.

Aber es hatte sie doch einiges an Überwindung gekostet, bis sie sich eingestand, dass es mehr als blosse Zuneigung war, die sie Matias gegenüber empfand.

„Guten Morgen", sagte Mathias neben ihr. Er war aufgewacht und hatte sich seine Brille aufgesetzt.

„Hast du gut geschlafen?", fragte Kati.

„Sehr gut", antwortete Mathias und zog sie in seine Arme.

Sie legte ihren Kopf auf seine Brust und genoss es einfach dazuliegen.

„Vermisst du sie sehr?", fragte Mathias.

Kati hob den Kopf. Mathias schaute auf das Bild. In einem Rahmen waren drei Fotos nebeneinander eingerahmt. Stefan, Kati und Stefan, Sebastian.

Kati legte den Kopf zurück auf Mathias Schulter.

„Es wird immer weniger. Bei Stefan war es am schlimmsten. Es war furchtbar. Nicht nur, dass er nicht mehr da war. Wir hatten eine gemeinsame Zukunft geplant und plötzlich war alles weg. Auch die ganzen Erinnerungen. Fotos oder sonst irgendein Andenken. Es war alles verbrannt. Die beiden Bilder dort haben mir Freunde geschenkt.

Ich bin froh, dass es bereits über zehn Jahre her ist. Heute weiss ich nicht, wie es wäre, wenn er noch leben würde. Es hat auch keinen Sinn, sich das vorzustellen, denn ich lebe heute ein völlig anderes Leben."

„Wie war Stefan?"

Kati nahm ihren Kopf von Mathias Schulter und stütze ihn in ihre Hand. Sie sah Mathias schmunzelnd an.

„Stefan war der Inbegriff eines Machers. Er hatte immer tausend Ideen parat. Wenn er sich jedoch für eine entschieden hatte, verfolgte er diese absolut konsequent. Er war ein Mensch, der sofort den Zugang zu seinem Gegenüber fand. In Sachen Zimmer oder Wohnung teilen war er ein Meister. Er fand, ein Zimmer ist dazu da, dass jemand drin wohnt. Er schleppte dauernd irgendwelche Freunde an, die einen Platz zum Schlafen brauchten. Und das in einer kleinen Zweizimmerwohnung. Das gipfelte eines Morgens darin, dass, als ich auf die Toilette musste, schon ein wildfremder Mann drauf sass!"

„Wie das denn?", fragte Mathias amüsiert.

„Stefan hatte einen Kollegen von einem Ausbildungsanlass mitgebracht. Er hatte den Zug verpasst. Ich hab schon geschlafen, als sie nach Hause kamen. Und sinnigerweise gab es bei uns in der ganzen Wohnung keinen einzigen Zimmerschlüssel. Dem Vermieter waren sie abhanden gekommen und er sah das Ganze nicht so eng. Das geht auch ohne, meinte er."

Kati hielt einen Moment inne.

„Mit Sebastian war es ganz anders. Wir waren Freunde. Die Umstände hatten uns zusammen geführt. Wir hatten keine gemeinsame Zukunft geplant. Wir waren froh, dass wir zusammen mit der Gegenwart zurechtkamen. Wir waren füreinander da. Und wir konnten uns aufeinander verlassen. Im Nachhinein kann ich sagen, hat sich aus der traurigen Situation, in der wir beide steckten, eine wunderbare gemeinsame Zeit entwickelt."

Sie lächelte.

„Und wesentlich ruhiger als mit Stefan."

Sie sah Mathias an.

„Wie war es bei dir?", fragte sie ihn.

„Ich hatte drei kurze Beziehungen."

Kati merkte, dass er nicht gern darüber sprach.

„Alle endeten damit, dass meine Partnerinnen meinten, ich sei zu introvertiert. Man könne nicht mit mir reden, und ich lasse niemanden an mich herankommen. Ein völliger Eigenbrödler war ein Kommentar", sagte Mathias tonlos.

Kati sah ihm an, wie unangenehm ihm dieses Thema war.

„Nach dem dritten Mal habe ich mich zurückgezogen. Ich wollte lieber alleine leben, als noch einmal eine solche Abfuhr erhalten. Ich habe das Alleinsein irgendwie auch geschätzt, vielleicht sogar gesucht. Ich fühlte mich alleine freier, unbeschwerter."

„Das war doch für einen introvertierten Eigenbrödler sensationell offen", sagte sie sanft.

„Du bist einfach anders", meinte er leise.

„Stimmt. Ich liebe dich!"

Sie neigte sich zu Mathias und küsste ihn.

Sie standen erst gegen Mittag auf. Nicht auf die Uhr schauen zu müssen, fanden beide herrlich.

Mathias hatte gestern in der Stadt ein Plakat entdeckt. „Krippenfiguren aus aller Welt" wurden in der kleinen Martinskirche am Ende der Stadt ausgestellt.

Sie spazierten durch die Altstadt zur Ausstellung. Die kleine Martinskirche sah man schon von weitem. Sie war nicht in die Häuser eingeklemmt wie die Markuskirche.

Ein grosser Garten mit einigen Bäumen umschloss die kleine Kirche.

Sie war innen schlicht und angenehm hell. Die verschiedenen Krippen hatte man in den beiden Seitengängen aufgebaut. Vom Eingang her sahen sie vorne rechts vom Altar einen grossen Stall.

Sie begannen den Rundgang auf der linken Seite. Eine kleine Krippe mit bunten Figuren aus der Provence machte den Anfang.

Die Krippe aus Italien stellte eine ganze Berglandschaft dar. Die heilige Familie war am Fusse des Berges zu sehen.

Es folgten eine Krippe aus Dänemark und eine deutsche aus dem Erzgebirge.

Die grosse Krippe neben dem Altar stammte aus dem Tirol.

International ging es auf der anderen Seite zurück.

Zuerst eine russische Krippe, weiter eine aus Holz geschnitzt von einem afrikanischen Künstler. Sogar eine aus China war vertreten. Den Abschluss machten Chile und Peru.

Mathias blieb bei der Krippe aus Peru stehen.

„Auf meiner Reise durch Peru haben wir eine Töpferei besucht. Sie lag am Fusse der Anden etwas ausserhalb von Ayacucho. Ich war ganz begeistert von diesen farbenfrohen, etwas dicken Krippenfiguren. Ich kannte vorher nur die Figuren aus dem Erzgebirge.

In der Töpferei haben nur Frauen gearbeitet. Sie töpferten und bemalten die Figuren enorm flink. Ich hatte mit der Geschwindigkeit beim Zuschauen schon Mühe. So etwas schaffen wir Männer gar nicht", erzählte er anerkennend.

„Hast du dir ein paar Figuren mitgebracht?", fragte Kati.

„Ich hatte schon Maria und Josef in der Hand. Etwas grösser als diese. Ich habe es dann aber bleiben lassen. Manchmal bereue ich es, dass ich sie nicht doch mitgenommen habe."

Sie verliessen die Kirche. Kati wollte noch nicht direkt nach Hause, da die Sonne durchgekommen war. So bauten sie einige Umwege in den Rückweg ein. Sie spazierten auf ein kleines Café zu.

„Kennst du das Café?", fragte Kati Mathias.

Er schüttelte den Kopf.

„Ich war seit Jahren nicht mehr drin. Aber früher war es urgemütlich. Besonders in der Adventszeit. Wollen wir reingehen?", fragte Kati erwartungsvoll.

„Lass uns nachsehen, ob es noch so gemütlich ist", meinte Mathias vergnügt.

Das Café hatte mehrheitlich Zweiertische, und die beiden hatten Glück, dass soeben einer frei wurde.

Jeden Tisch hatte man mit einem aufwendigen Weihnachtsarrangement dekoriert. Vorne auf dem Tresen war eine Krippe aus Lebkuchen aufgebaut.

In jeder Nische stand entweder ein Nikolaus oder ein Engel. Trotzdem wirkte es nicht überladen, sondern urgemütlich.

Beide bestellten einen Cappuccino.

„Warst du lange in Peru?", fragte Kati.

„Vier Wochen. Mir hat Peru eigentlich von allen Reisen am besten gefallen."

Er erzählte ihr von der freundlichen Bewohnern, der Wanderung im Huascaran Nationalpark, der Inkastadt Machu Picchu. Er war über den Inka-Trail von Cusco nach Machu Picchu gelaufen.

„Der Weg durch die einsame Gegend auf den Inka-Pfaden war fantastisch. Die Wanderung hatte etwas Meditaives. Es war auch sehr angenehm, dort zu laufen, weil diese Gegend nicht so hoch war, wie im ersten Teil der Reise. Da hatte ich fürchterlich Mühe mit der Höhe. Aber auf dem letzten Teil des Trails gab es etwa achthundert Steinstufen. Relativ hohe Tritte. Und die haben meine Knie überhaupt nicht geschätzt. Das war jedoch völlig vergessen, als wir in Macchu Picchu ankamen. Es war einfach traumhaft. Die Stimmung, die Aussicht, die ganze Atmosphäre. Wir hatten Glück. Trotz des guten Wetters waren verhältnismässig wenig Besucher dort."

Kati hatte ihm fasziniert zugehört.

Sie schüttelte gedankenverloren den Kopf.

„Was ist?", fragte Mathias verdutzt.

„Ich kann mir nicht vorstellen, wie deine Verflossenen darauf kamen, du seiest introvertiert und man könne sich nicht mit dir unterhalten."

„Damals hatte ich noch keine Reisen gemacht und hatte nicht viel zu erzählen", sagte Mathias leicht verlegen.

„Gott sei Dank!", erwiderte Kati.

„Wie meinst du das?"

„Na, sonst wärst du heute bereits vergeben!" Kati lachte ihn schelmisch an.

Dienstag

Kati wachte in Mathias Armen auf. Sie schaute auf die Uhr und erschrak.

„Mathias, aufstehen! Wir haben verschlafen!"

Sie küsste ihn auf die Wange. Mathias suchte verschlafen nach seiner Brille. Kati reichte sie ihm.

„Raus!" flüsterte sie ihm ins Ohr.

„Ich habe vergessen, den Wecker zu stellen!"

Kati sprang mit einem Satz aus dem Bett, ging ins Bad und duschte. Mathias kam gemütlich hinterher.

Zum Frühstücken reichte die Zeit nicht mehr. Sie tranken einen Kaffee im Stehen und machten sich auf den Weg zum „Treff-Punkt".

Es war in der Nacht bitterkalt geworden, und es sollte in den nächsten Tagen noch kälter werden. Erst für Heiligabend war föhniges Wetter angesagt.

Mathias legte seien Arm um Kati. Sie drückte sich ganz nah an ihn. Sie genoss seine Nähe – ganz besonders bei dieser eisigen Kälte.
Als sie beim „Treff-Punkt" ankamen, hatte Kati das Gefühl, sie sei ein einziger Eisklotz.

Peter kam wenig später mit einer grossen Bücherladung. Er war bestens gelaunt, denn bis jetzt war er gut durchgekommen.
Mathias und Kati räumten zügig die gelieferten Bücher ein, damit die Schachteln aus dem Weg geräumt werden konnten.
Als sie fertig waren, kam Kati mit einem Fax in der Hand auf Mathias zu.
„Kannst du das lesen?", fragte sie verzweifelt.
Mathias schaute auf das Blatt.
Schwarzes Geschmier sollte die ISBN-Nummern darstellen.
Mathias schüttelte den Kopf.
„Da ist wirklich nichts lesbar."
„Ich kann noch nicht einmal den Namen oder die Adresse des Bestellers lesen!", sagte Kati genervt.
„Moment mal!"
Mathias nahm das Blatt und ging zum Computer.
„Hier, ich hab den Namen und die Telefonnummer", sagte er.
„Schau hier. Die kleinen Ziffern sind die Faxnummer des Kunden." Er hielt Kati das Blatt hin. Vom Geschmier verdeckt, waren nur ganz schwach ein paar Zahlen zu erkennen.
„Ich glaube, ich habe die Zahlen richtig gelesen. Denn der Computer gibt mir eine Adresse von hier an."
„Du bist ein Schatz!", sagte Kati leise und küsste ihn auf die Wange.
Kati hatte bereits die Telefonnummer gewählt, als eine Kundin den Laden betrat.
„Oh, nein", hörte Mathias Kati leise sagen.
Kati sah, wie Mathias die Kundin begrüsste und sie mit ihm wortreich zwischen den Regalen verschwand.

Kati versuchte sich auf das Telefongespräch zu konzentrieren. Mathias hatte die Zahlen richtig gelesen. So konnte sie den Kunden nach den ISBN-Nummern fragen. Sie notierte die Nummern und verabschiedete sich.

Im hinteren Teil des Ladens lief ein intensives Gespräch.

Wobei nur eine Person sprach. Frau Hanning.

Kati schaute auf die Uhr.

„Mehr als eine halbe Stunde kriegt sie nicht", dachte Kati und begann die Bestellung in den Computer einzugeben.

Kati bekam Ausschnitte des Gesprächs mit.

„Oh, meine Schultern … Können Sie mir bitte das Buch runter reichen …"

Zehn Minuten.

„Seit ich das künstliche Hüftgelenk habe, kann ich mich kaum mehr bücken … das Buch dort unten … das ist aber nett … meine Gelenke sind so empfindlich …"

Fünfzehn Minuten.

„Meine Migräne ist eine einzige Plage … vielleicht kann ich mir jenes Buch noch ansehen … Sie glauben gar nicht, wie übel einem wird …"

Zwanzig Minuten.

Von Mathias hatte sie nicht mehr als die üblichen Soziallaute gehört.

Ach, hm, oh je, bitte.

„Wenn sie zum Rheuma kommt, ist Schluss", dachte Kati.

Sie kritzelte etwas auf einen Zettel.

„Diese Kälte … und dann mein Rheuma …"

Die dreissig Minuten waren bereits überschritten.

Kati hatte bereits einige andere Kunden bedient und im Moment war nur noch Frau Hanning im Laden.

„Jetzt reicht's."

Kati stand auf, nahm den Zettel und das Telefon mit und legte beides in die Büronische.

Ernst und mit forschem Schritt ging sie auf die beiden zu.

„Mathias, da ist eine Telefonanruf für dich im Büro", sagte sie ohne eine Mine zu verziehen und schnappte sich das Buch, das Mathias für Frau Hanning in der Hand hielt.

„Es freut mich, dass Sie ein Buch gefunden haben. Dann können wir ja zusammen zur Kasse gehen."

Kati führte die völlig perplexe Frau Hanning zur Kasse.
Mathias ging ins Büro.
Das Telefon und der Zettel lagen auf dem Tisch.

Tu so, als ob du telefonierst.
Und bleib im Büro!
Sonst werden wir sie nie los ...
Ich liebe dich
Kati

Kati verabschiedete Frau Hanning umwerfend freundlich.
Liess sie aber nicht mehr zu Wort kommen.
Als sie draussen war, kam Mathias grinsend aus dem Büro.
„Was sollte das denn?", fragte er Kati.
„Über eine halbe Stunde Krankengeschichte für ein Buch ist
mehr als genug", knurrte Kati.
„Ausserdem warst du so oder so ihr Highlight des Monats.
Ich glaube, du bist der einzige hier im Quartier, der ihre
Krankengeschichte nicht schon mindestens fünf Mal gehört
hat."
„Der Kunde ist doch König", grinste er.
Kati sah ihn an. Ihre Strähne hing wieder auf der falschen
Seite.
„Das nächste Mal lasse ich dich eine Stunde schmoren", gab
sie schmunzelnd zurück.

Am Nachmittag kam Frau Roth vorbei. Kati hatte am Morgen die letzten Eintrittskarten für das Weihnachts-Musical
verkauft und ihr Bescheid gegeben.
„Vielen Dank für ihre Hilfe. Alle Karten sind verkauft. Das
ist ja grossartig!", freute sich Frau Roth.
„Hier ist die Abrechnung für Sie. Zählen Sie bitte noch einmal das Geld nach, damit wir sicher sind, dass alles stimmt",
sagte Kati.
Frau Roth zählte alles nach.
„Alles in Ordnung. Ich komme auf den gleichen Betrag wie
Sie."

Mathias gab ihr einen Umschlag, um das Geld einzustecken.

„Kommen Sie auch ins Musical?", fragte Frau Roth die beiden.

„Das lassen wir uns nicht entgehen", sagte Kati und sah Mathias lächelnd an.

„Es wir ganz toll!", schwärmte Frau Roth. „Ich war bei den Proben. Die Kinder sind mit viel Herzblut dabei. Ich bin sicher, es wird Ihnen gefallen."

„Wir freuen uns schon auf diesen speziellen Anlass", sagte Mathias freundlich.

„Dann bis spätestens Sonntagabend", verabschiedete sich Frau Roth.

„Bis dann", erwiderten Kati und Mathias den Gruss.

Abends machten sie es sich auf dem Sofa bequem. Kati sass in der vorderen Ecke. Mathias hatte seinen Kopf auf ihren Oberschenkel gelegt und sich auf dem Sofa ausgestreckt.

Mathias las weiter in seinem Buch über Marokko.

Kati war mit dem Weihnachtsbuch fertig und hatte einen Roman mitgenommen.

Nach einer Weile schloss Mathias sein Buch.

„Bist du durch?", fragte Kati.

„Ja. Ich hab es durchgelesen."

„Und? Wäre Marokko ein neues Ferienziel?"

„Es ist sicher interessant. Aber es gibt andere Länder, die ich vorziehe."

„Welche denn?"

„Es gibt so viele Länder, in den ich noch nicht war. Und alle sind auf irgendeine Art interessant. Auch Länder in der Nähe. Grossbritannien, Island, Skandinavien. Wo gehst du gerne hin?"

„Die letzten Jahre habe ich meinen Urlaub bei meinen Eltern in den Staaten verbracht", sagte sie.

„Deine Eltern leben noch?", fragte er erstaunt.

„Soweit ich weiss, sind sie gesund und munter", lächelte Kati.

„Hast du Kontakt zu ihnen?"

„Ja. Natürlich. Nur im Moment haben wir keine Verbindung. Und dies im wahrsten Sinne des Wortes. Sie machen mit einem befreundeten Ehepaar Urlaub in Kanada. Völlig in der Wildnis. Ich höre erst an Silvester wieder von ihnen. Dann sollten sie zurück sein."

„Wann hast du das letzte Mal von ihnen gehört?"

„Letzten Sonntag. Sie haben mir ein Mail geschickt, dass sie ab jetzt nicht mehr erreichbar wären. Ich habe ihnen zurückgeschrieben mit dem Schlusssatz: Bin glücklich verliebt! Ich habe aber noch keinen Kommentar erhalten."

Sie beugte sich vor und küsste ihn auf seine Glatze.

„Und deine Eltern? Leben sie noch?"

„Sie sind schon vor langer Zeit gestorben", sagte Mathias ernst.

Er hatte wieder diesen verschlossenen Gesichtsausdruck und Kati wusste sofort, dass er sich nicht weiter äussern würde.

„Hast du Geschwister?", fragte er weiter.

„Ja. Einen Bruder. Martin. Er wohnt auch in den Staaten. Er lebt mit seiner Familie an der Ostküste. Er ist verheiratet und hat zwei Kinder. Meine Eltern wohnen in Florida. Wegen der Wärme", lächelte Kati.

„Wie sind sie, ich meine als Eltern?"

„Die beiden? Zwei Seelen von Menschen. Ich habe noch nie ein Ehepaar gesehen, das besser zueinander gepasst hat als sie. Sie haben sich auf wunderbare Art und Weise ergänzt. Und tun es heute noch. Vor allem waren sie immer ausgeglichen und verständnisvoll. Mein Bruder und ich konnten mit allem zu ihnen kommen. Sie hielten zusammen und auch zu uns. Sie waren wie ein Fels in der Brandung", sagte Kati herzlich. Sie erzählte noch eine ganze Weile von ihrer Familie. Voller Begeisterung. Die Liebe und Zuneigung zu ihren Eltern berührte Mathias.

„Es gibt nichts schöneres, als so aufwachsen zu dürfen", sagte Mathias leise.

Mittwoch

Am nächsten Morgen machte der Wecker die beiden wach.
Kati stellte ihn ab und kuschelte sich ganz nah an Mathias.
Morgens neben ihm aufzuwachen, war für sie das Schönste.
„Noch fünf Minuten", sagte sie leise.
Sie wollte das Gefühl, mit ihm und nicht alleine aufzuwachen, noch ein wenig festhalten.
Sie schaute wieder auf den Wecker.
„Dass die schönsten fünf Minuten immer so schnell vergehen müssen!", dachte sie enttäuscht und ging ins Bad.

Im „Treff-Punkt" herrschte vom ersten Augenblick an Hektik. Die Tür war kaum geöffnet, da stand schon der erste Kunde im Laden.
Heute war ein Tag, an dem die Kunden alles schon gestern haben wollten. Alles eilte.
Kati bewunderte einmal mehr die Ruhe, mit der Mathias das Ganze anging. Vor allem fiel ihr auf, dass er nicht ein einziges Mal im Computer nachschauen musste, ob ein Buch vorhanden war. Sie wollte ihn unbedingt darauf ansprechen. Aber jetzt blieb ihr keine Zeit, denn ein Kunde gab dem nächsten die Klinke in die Hand.

Nach dem anstrengenden Morgen war Kati froh, dass sie gestern einen Auflauf vorbereitet hatte, den sie jetzt nur noch in den Ofen schob.
„Musst du eigentlich nie im Computer nachschauen, ob wir ein bestimmtes Buch haben oder nicht? fragte Kati, als sie mit dem Essen begannen.
Mathias sah sie erstaunt an.
„Ich hatte zwar nicht viel Zeit dir zuzuschauen, aber ich habe nicht einmal gesehen, dass du im Computer nach einem Buch suchen musstest."

Mathias überlegte.

„Ja, das stimmt."

„Wie kannst du dir die ganzen Bücher merken?"

„Wenn ich die Bücher einräume, merke ich mir ihren Standort und meistens auch noch die Bücher, die in der Nähe stehen."

„Einfach so?"

„Einfach so. Ich brauche mir eigentlich nicht viel zu merken. Es reicht, wenn ich sie gesehen habe."

„Du arbeitest noch keine zehn Tage im Laden und findest bereits mit traumwandlerischer Sicherheit alle Bücher!"

„Ich habe früher in einem Materiallager gearbeitet. Es war flächenmässig kein grosses Lager und ich war alleine dafür zuständig. In diesem Lager waren unzählige kleine Spezialteile vorhanden. Ich habe mir einen Spass daraus gemacht, mir die Stückzahl und den Lagerort zu merken. Aber eben, meistens reichte es, wenn ich die Ware und den Lagerort gesehen hatte. Ich brauche mir nicht speziell Mühe zu geben, um das zu lernen. Das geht automatisch."

„Du bist grossartig!"

Mathias schaute sie etwas verlegen an.

„Wirklich, ganz im Ernst. Wir hatten immer wieder Aushilfen im Laden. Patente Leute. Aber ich habe noch nie erlebt, dass sich jemand so schnell in allem zurechtfindet", sagte Kati voller Anerkennung.

Sie stand auf, um das Geschirr wegzuräumen. Er sah ihr zu. Es berührte ihn, dass Kati immer wieder etwas Besonderes an ihm fand. Eine Kleinigkeit, die ihm gar nicht bewusst war. Die noch niemand vorher überhaupt zur Kenntnis genommen hatte. Und besonders freute Mathias, dass sie ihn darauf ansprach.

Er stand auf und stellte sich hinter sie. Mathias legte seine Arme um sie und küsste sie sanft von hinten auf die Wange.

„Ich liebe dich", sagte er leise.

Kati drehte sich langsam um.

„Ich dich auch."

Sie küssten sich innig.

Am Nachmittag war es im „Treff-Punkt" ruhiger.

Kati sah, dass Tim draussen wieder einen Moment vor dem Schaufenster stehen blieb und der Eisenbahn zuschaute. Er kam fröhlich zur Tür herein. Als er sah, dass keine Kunden im Laden waren, ging er zu Kati und Mathias und gab ihnen zur Begrüssung die Hand.

„Wie geht es dir?", fragte Mathias.

„Gut. Und dir?"

„Danke. Auch gut. Schliesslich ist bald Weihnachten", sagte Mathias freundlich.

„Ja", gab Tim zur Antwort. Freudig klang es jedoch nicht. Mathias schaute ihm nachdenklich nach. Tim ging zu Kati ins kleine Büro.

„Kannst du mir bei meinen Hausaufgaben helfen?"

„Zeig mal. Dann schauen wir es uns zusammen an."

Tim zeigte Kati die Aufgabe. Er sollte Punkte nach einem bestimmten Schema verbinden. Wusste aber nicht recht wie. Kati half ihm bei den ersten drei Aufgaben, dann hatte er begriffen, wie es funktionierte.

Die restlichen Aufgaben löste er begeistert selbst.

Später ordnete Tim die Bücher ein, die Kati ihm bereitgestellt hatte.

Er konnte die Bücher mittlerweile schnell einordnen. Tim fand im Regal die passenden Buchstaben der Register immer rascher.

„Du bist schon ein richtiger Profi", stellte Kati freundlich fest.

Tim wusste zwar nicht, was ein Profi war, aber es hörte sich gut an und er nickte ihr zufrieden zu.

„Bist du schon fertig?", fragte Mathias.

Tim nickte stolz.

„Dann zeige ich dir die Bücher, die heute neu gekommen sind. Nimm dir ruhig zwei zum Anschauen ins Büro."

Tim sah sich mit Mathias die Bücher durch. Er entschied sich für ein Ritterbilderbuch und die Weihnachtsgeschichte als Comic. Mathias blätterte die Weihnachtsgeschichte selbst schnell durch. Er war überrascht, wie detailliert die Zeichnungen waren. Durch die vielen Bilder in den Szenen konnte man, auch ohne lesen zu können, die Geschichte gut verstehen. Mathias legt das Buch wieder neben Tim auf den Tisch. Er ging nach vorne, weil ein Kunde ein Buch bezahlen wollte.

Gegen fünf machte sich Tim auf den Heimweg.

Mathias winkte er nur zu, da er mit einem Kunden im Gespräch war.

Er stellte sich neben Kati.

„Schönen Abend, Tim, und danke für deine Hilfe. Am Samstag besprechen wir noch, wann wir dich am Sonntag fürs Musical abholen. Ist das in Ordnung?"

„Ja."

„Dann sehen wir uns am Samstag. Machs gut und bis dann."

Kati nahm seine Hand.

„Bis dann, Kati", lächelte Tim und verschwand durch die Türe.

Mathias schloss den Buchladen zu. Kati war froh, dass sie ihre Hände in den Taschen lassen konnte. Sie hatte ihre Handschuhe zu Hause vergessen. Ihre Hände waren eiskalt.

Auch Mathias vergrub seine Hände tief in den Taschen. Sie gingen nebeneinander her. Kati steckte ihre rechte Hand zu seiner linken in die Jackentasche. Seine Hand umschloss sie vorsichtig.

„Die ist ja schon abgefroren."

„Noch nicht ganz. Darum steckte ich sie ja bei dir mit in die Tasche", sagte Kati und lehnte sich an ihn.

Sie warfen die Geldkassette bei der Bank ein und gingen direkt nach Hause. Aber vor dem Haus entschlossen sie sich, doch noch einen Bogen zusätzlich zu laufen.

Die klare Luft war angenehm und es war windstill.

Als sie die Haltestelle der Strassenbahn hinter sich gelassen hatten, zeigte Kati auf ein älteres Mehrfamilienhaus.

„Dort in der untersten Wohnung wohnt Oma Hansen. Und damit ich es nicht wieder vergesse. Ich habe versprochen, dass ich am Montagabend vorbei komme. Am liebsten würde sie dich auch gleich kennen lernen."

„Sie weiss von mir?"

„Bis jetzt weiss sie nur von einem Mitbewohner, der auch Mitarbeiter ist. Ich habe ihr am letzten Samstag von dir erzählt. Sie brennt darauf, dich kennen zu lernen."

Mathias sah nicht besonders begeistert aus.

„Überleg es dir. Sie ist die Fröhlichkeit in Person. Vor allem hat sie seit dem Tod ihres Mannes keinen mehr, der ihr nahe steht. Sie konnten leider keine Kinder bekommen. So ist ihr ausser ein paar wenigen Freunden niemand mehr geblieben. Langsam lassen ihre Kräfte krankheitsbedingt nach. Sie kommt deshalb kaum noch aus dem Haus und unter die Leute."

Auf dem letzten Stück Weg ging Kati schweigend neben Mathias her und hing ihren Gedanken nach.

„Mathias, glaubst du, du kommst am Freitagmorgen etwa für zwei Stunden alleine im Laden zurecht?", fragte Kati nachdenklich.

„Ich habe Oma Hansen versprochen, ihr fürs Wochenende einzukaufen. Und für uns sollte ich auch das Gröbste fürs Wochenende und die Weihnachtsfeiertage einkaufen. Das schaffe ich nicht alles am Abend in den Geschäften, die länger geöffnet haben als wir. Und Montag haben wir ja ausnahmsweise selber auch geöffnet, da Dienstag Heiligabend ist."

„Geh ruhig einkaufen. Das schaffe ich schon", versicherte Mathias lächelnd.

Sie nahm ihn in die Arme.

„Du bist ein Schatz", sagte sie leise und küsste ihn.

Donnerstag

Kati und Mathias genossen einen ruhigen Morgen im „Treff-Punkt". Es waren nicht sehr viele Kunden gekommen. Einige kamen sogar nur, um sich in der Sesselecke mit einem Kaffee aufzuwärmen.

Es war in der Nacht noch kälter geworden.

Kati liess die Leute sitzen. Viele kamen über kurz oder lang wieder, um ein Buch zu kaufen.

Erstaunlicherweise lasen die Leute für einmal nicht in den Büchern, die sie sich in die Sitzecke mitgenommen hatten.

Sondern sie begannen sich zu unterhalten.

Zwischendurch hatte man nicht den Eindruck in einem Bücherladen, sondern bei einem Kaffeeklatsch zu sein.

Kati und Mathias standen amüsiert vorne bei der Kasse.

„Sieht ja richtig gemütlich bei uns aus", stellte Mathias fest.

„Tja, bald ist Weihnachten und manchmal merkt man das den Leuten sogar an", meinte Kati schmunzelnd.

Am Abend brachten sie die Geldkassette zur Bank, gingen weiter zum Fluss und folgten diesem in ein Quartier, das Kati nicht kannte. Mathias wollte ein wenig weiter spazieren, um frische Luft zu schnappen. Aber die Luft war schlicht und einfach zu kalt. Trotz ihrer Mützen waren ihre Ohren eiskalt. Kati und Mathias bogen in eine kleine Seitenstrasse, um nach Hause zu kommen.

Sie kamen an einem Hinterhof vorbei.

Plötzlich blieb Mathias stehen.

Er drehte sich um und sah noch einmal in den Hof. Er ging langsam in den Hof hinein.

„Was ist?", fragte Kati und folgte ihm.

Mathias beugte sich nieder. Erst jetzt sah Kati ihn auch. Eng an die Hauswand gedrückt, lag ein Mann.

Mathias versuchte, ihn anzusprechen.

Ausser einem unwirschen Stöhnen, wenn Mathias ihn anstiess, reagierte der Mann nicht. Kati ging in die Hocke, um ihn besser zu sehen. Eine gewaltige Alkoholfahne kam ihr entgegen.

„Er erfriert, wenn er hier liegen bleibt", sagte Mathias ernst.

„Wir sind zwar zu zweit, aber es ist ein ziemlich weit bis zu uns", sagte Kati. Sie sah Mathias fragend an.

„Zwei Strassen weiter ist eine Notschlafstelle. Wir können es dort versuchen. Aber zuerst müssen wir ihn auf die Beine kriegen."

„Darin bin ich, dank Bruno, Spezialistin."

„Daran habe ich überhaupt nicht mehr gedacht."

„Du musst nur bereit stehen, um ihn zu halten, wenn er oben ist", sagte Kati.

Mathias nickte.

Kati zog ihre Handschuhe aus. Sie drehte den Mann auf der Erde soweit, bis sie seine Füsse gegen ihre stellen konnte. Sie nahm seine Hände.

„Eiskalt ist noch zu warm für diese Hände. Auf drei", sagte sie zu Mathias.

Bei drei gab sie dem Mann und sich selbst einen derartigen Ruck, dass er wie von alleine nach oben flog.

Sowohl Mathias wie auch Kati konnten einen Arm packen und diesen über ihre Schultern legen. Selbst jetzt im Stehen reagierte der Mann kaum.

Sie brachten ihn zur Notschlafstelle. Mathias öffnete die Tür und sie gingen in einen kleinen Eingangsbereich.

Aus einem Seitenzimmer kam ihnen ein Mann entgegen.

„Bringen sie ihn hier hinein." Er öffnete ihnen eine Tür.

„Sie können ihn gleich hier neben der Tür aufs Bett legen." Kati und Mathias liessen den Mann vorsichtig aufs Bett gleiten.

Sie nahmen ihre Mützen ab. Im Zimmer war es zu warm dafür.

„Guten Abend, Mathias", grüsste der Mann, der sie begleitet hatte. Er hatte Mathias erst jetzt erkannt und gab ihm die Hand.

„Guten Abend, Andreas."

Kati schätzte Andreas so um die vierzig. Seine dunklen, lockigen Haare liessen in jedoch jünger aussehen.

„Andreas", wandte er sich an Kati und gab ihr die Hand.

„Kati. Guten Abend."

„Kann er hier bleiben?", fragte Mathias ernst.

„Bei den Temperaturen schicken wir keinen weg. Ausserdem hat er Glück, dass dieses Bett noch frei ist", gab Andreas beruhigend zur Antwort.

Sie verliessen das Zimmer und gingen zurück zum Eingang.

„Wie geht es dir?", fragte Andreas freundlich.

„Danke. Mir geht es gut."

„Das freut mich sehr."

Man sah Andreas an, dass dies ehrlich gemeint war.

Kati stand dicht neben Mathias. Sie sah, dass er sich hier nicht wohl fühlte. Es folgte eine betretene Stille. Keiner sagte etwas.

Kati nahm Mathias Hand.

„Gehen wir nach Hause?", fragte sie.

Mathias räusperte sich und sah Kati an. Ihre Strähne war wieder auf der falschen Seite.

„Ja, gehen wir ", sagte er leise.

Sie verabschiedeten sich von Andreas.

Er sah ihnen nach, wie sie Hand in Hand im Dunkel der Strasse verschwanden.

„Ein kleines Weihnachtwunder", dachte Andreas. „Einer der wenigen, der es schafft, in ein Zuhause zurückzukehren."

Freitag

Mathias öffnete die Buchhandlung und machte das Licht an. Seit einigen Tagen war es morgens, wenn sie ins Geschäft kamen, noch sehr dunkel.

Er schaute sich um. Es war seltsam ohne Kati. So leer. Sie hatten die letzten Tage zusammen verbracht. Sie war immer in seiner Nähe gewesen. Es hatte sich durch ihren Tagesablauf so ergeben.

Jetzt kam er sich sehr allein vor.

„Kaum fünf Minuten allein und du hast schon solche Gedanken!", ärgerte er sich.

Peter kam polternd mit drei Schachteln Bücher zur Tür herein und riss Mathias aus seinen Gedanken.

„Guten Morgen! Wo ist Kati?", rief Peter.

„Hallo. Kati macht noch Besorgungen und kommt später."

Die Schachteln flogen schwungvoll in die Ecke.

„Grüss sie von mir. Bis morgen!", sagte Peter fröhlich beim Verlassen des Ladens.

Mathias sah schmunzelnd auf die Uhr.

Peter war ohne Stau hierher gekommen.

Mathias räumte die Bücher in die Regale ein.

Die Kunden kamen in angenehmen Abständen. Nie alle auf einmal.

Mathias kannte mittlerweile einige der Kunden. Viele fragten besorgt, ob Kati krank sei. Ihre Sorge um Kati berührte ihn. Sie war bei ihren Kunden sehr beliebt. Was er gut verstehen konnte.

Nach elf kam Kati zur Tür herein. Erhitzte rote Wangen und die Strähne auf der falschen Seite.

„Ich war dummerweise nicht die Einzige, die auf die Idee gekommen ist, man könnte am Freitagmorgen fürs Wochenende einkaufen!", knurrte sie genervt.

111

„Aber trotzdem, Hallo."
Sie küsste Mathias.
„Wie ist es bei dir gelaufen?"
„Danke. Sehr angenehm. Nie zu viele Kunden auf einmal ...
Bist du gesund?", fragte Mathias.
Kati sah ihn erstaunt an.
„Bis jetzt schon. Wie kommst du denn darauf?"
„Jeder, der in den Laden kam und gesehen hat, dass nur ich
da bin, ist davon ausgegangen, dass du krank bist. Und jetzt
wollte ich zur Sicherheit nachfragen", sagte Mathias amü-
siert und küsste sie auf ihre roten Wangen.

Auch am Nachmittag war der Kundenandrang gut zu bewäl-
tigen.
„Solange nicht so viele Leute da sind, erledige ich im Büro
die Rechnungen. Dann brauche ich das vor Weihnachten
nicht noch einmal zu machen", sagte Kati und zog sich in
die kleine Nische zurück.
Im Laden waren nur ein älteres Ehepaar und zwei junge
Burschen. Das Ehepaar stand hinten bei der Unterhaltungsli-
teratur, die Jungs weiter vorne bei den Computerbüchern.
Mathias warf gerade im rechten Moment einen Blick auf den
Spiegel, den Kati über der Büronische angebracht hatte.
Die beiden Jungs liefen auf den Ausgang zu. Zwei Schritte
bevor die Schiebetür sich öffnet, stand plötzlich Mathias vor
den beiden.
Er sah sie ruhig, aber entschlossen an.
„Legt es einfach wieder zurück", sagte er leise, aber in
scharfem Ton.
Einer der beiden wollte etwas erwidern, aber Mathias kam
ihm zuvor.
„Legt es einfach wieder zurück", wiederholte er leise, aber
noch schärfer.
Sie bleiben einen Moment unschlüssig stehen. Drehten sich
dann aber um und gingen zwischen die Regale. Mathias sah
im Spiegel, wie sie das Buch zurücklegten. Er ging zurück
zur Kasse.
Wenig später verliessen die beiden schnell und grusslos den
Laden.

112

Mathias fiel ein Stein vom Herzen, als die beiden das Buch zurücklegten.

Er wusste nicht, was er gemacht hätte, wenn sie sich geweigert hätten.

Schliesslich war es noch nicht so lange her, als er sich selbst zu so etwas hatte hinreissen lassen. Der Schweiss stand ihm auf der Stirn.

Er war erleichtert. Kati war mit den Rechungen beschäftigt und hatte nichts mitbekommen. Dass war ihm lieber so.

„Dürfen wir zahlen?", fragte der ältere Herr.

Mathias hatte gar nicht bemerkt, dass das Ehepaar mit ein paar Büchern neben der Kasse stand.

„Entschuldigung. Selbstverständlich", antwortete er freundlich.

Sie machten es sich auf dem Sofa bequem.

Kati hatte zuvor die Wäsche gebügelt und weggeräumt, Mathias staubgesaugt.

Kati lehnte sich an Mathias Schulter.

„Was hast du mitgenommen?", fragte er.

„Einen historischen Roman über Schloss Charlottenburg in Berlin. Ich bin gespannt. Und du?"

„Es ist heute erst neu geliefert worden. Ein Buch über Bulgarien. Ich kenne das Land überhaupt nicht. Ich bin auch gespannt."

Kati rückte noch ein wenig näher zu Mathias. Da nahm er sie in die Arme und küsste sie. Im Moment war Kati überrascht. Freudig überrascht.

„Ich wusste gar nicht, dass zu zweit lesen so viel Spass macht", grinste er und zog sie an sich.

Samstag

Es begann schon morgens. Peter kam mit seiner Lieferung viel zu spät. Und prompt standen einige Kunden im Laden, die dringend ein Buch aus dieser Lieferung brauchten. Kati vertröstete sie auf Mittag.

Und mittags standen sie alle auf einmal im Geschäft.

Es gab Momente, da kamen die Kunden kaum aneinander vorbei.

Kati liebte es, wenn sie zu tun hatte. Oft genug war es ihr während des Jahres zu ruhig. Aber heute war der Ansturm sogar für sie an der obersten Grenze. Mathias nahm's gelassen und bediente in Ruhe einen nach dem anderen.

Am Nachmittag kam er plötzlich ganz besorgt zu Kati.

„Hast du Tim gesehen?", fragte er ernst.

Kati sah auf die Uhr. Halb drei. Normalerweise war Tim spätestens um zwei da.

„Vielleicht hat er noch etwas für seine Oma zu erledigen", beruhigte Kati.

Es wurde drei.

Sie hatten immer noch viele Kunden im „Treff-Punkt".

Von Tim war nichts zu sehen.

Von Zeit zu Zeit warf Mathias Kati einen besorgten Blick zu. Sie antwortete jeweils mit einem Schulterzucken. Sie wusste nicht, was passiert sein konnte. Tim war bis jetzt immer gekommen.

„Vielleicht ist er krank", sagte sie leise im Vorbeigehen zu Mathias.

Tim war bis jetzt noch nie krank gewesen. Und einmal erwischt es jeden.

„Wir gehen nach Geschäftsschluss bei ihm vorbei", sagte Mathias bestimmt.

Kati nickte.

Tim kam den ganzen Nachmittag nicht. Kati und Mathias waren froh, als der letzte Kunde bedient war. Sie rechneten schnell die Kasse ab, brachten das Geld zur Bank und machten sich auf den Weg zu Tim. Sie standen vor dem Hauseingang und klingelten. Es dauerte einen Moment bis die Tür aufging. Sie stiegen die Treppen hinauf bis zum fünften Stockwerk.

Dort fanden sie am Ende des Gangs das Namensschild. Mathias klingelte. Es geschah nichts. Er klingelte nochmals.

Plötzlich hörten sie, wie sich langsam der Schlüssel im Schloss drehte.

Die Tür öffnete sich. Tim stand hinter der Tür.

Er sah die beiden gross an. Und ängstlich.

„Sie bewegt sich nicht", sagte er leise.

Mathias öffnete vorsichtig die Tür.

Ein fürchterlicher Gestank kam ihnen entgegen. Was sie hinter der Tür sahen, verschlug beiden den Atem. So einen Müll, so einen Dreck hatten sie noch nie gesehen.

Mathias sah Kati entsetzt an.

Sie standen in einem kleinen Eingang, der zu einer Art Wohnzimmer führte. In der Mitte stand ein Tisch mit vier Stühlen, dahinter ein Bett.

Und alles voll Müll. Leere Dosen, leere Packungen, vor allem leere Flaschen; Wein und Schnaps.

„Sie liegt da drüben", sagte Tim und brachte sie in das Zimmer neben der Stube.

Sie lag mitten im Dreck auf der Erde. Tims Oma.

Mathias war kreidebleich. Kati kniete sich neben ihr nieder.

„Sie ist den ganzen Tag nicht aufgestanden", sagte Tim besorgt.

„Mathias, geh du mit Tim ins andere Zimmer und mach die Fenster auf. Ich rufe den Notarzt und die Polizei", sagte Kati.

Tim erschrak.

„Keine Angst. Die kommen und schauen, was deiner Oma fehlt", erklärte Kati.

Mathias ging mit Tim in die Stube und öffnete ein Fenster. Selbst das klebte.

Er setzte sich mit Tim aufs Bett. Es musste sein Bett sein, denn er sah Tims Kleider ordentlich neben dem Bett liegen. Das war auch das Einzige, was ordentlich war in dieser Wohnung. Am schlimmsten waren die Essensreste, die überall herum lagen und zum Himmel stanken. Mathias war hundeelend. Er hatte immer Mühe mit solchen Gerüchen gehabt. Das war auch ein Grund gewesen, weshalb die Notschlafstelle von ihm wirklich nur im äussersten Notfall aufgesucht worden war. Dort hatte es auch immer so unangenehm gemieft.

Kati hatte dem Notarzt eine Frau mit schwerer Alkoholvergiftung gemeldet.

Zudem rief sie bei der Polizei an. Der Beamte sagte ihr, dass er eine Streife vorbeischicken werde. Sie sollen warten.

Der Krankenwagen kam ein paar Minuten später. Sie legten die Frau auf die Bahre und nahmen die Personalien auf.

Ausser dem Namen und der Strasse wusste Kati auch nicht mehr.

Mathias und Tim sassen noch immer auf dem Bett. Die beiden beobachteten schweigend, wie die Sanitäter Tims Oma mit ins Krankenhaus nahmen.

„Tim, hast du einen Onkel oder eine Tante, bei denen du wohnen kannst?", fragte Kati und setzte sich neben ihn.

Tim schüttelte den Kopf.

Kati sah Mathias fragend an. Er nickte leicht.

„Möchtest du mit zu uns kommen?", fragte Kati weiter.

Tim nickte.

„Gut. Da schauen wir mal, ob wir irgendetwas finden, in das wir deine Sachen einpacken können."

Tim holte aus der kleinen Küche, die ans Wohnzimmer anschloss, eine Plastiktüte.

Kati packte die Kleider ein, die neben Tims Bett lagen. Spielsachen oder Bücher fand sie keine.

Wenig später trafen zwei Polizisten ein.

Ein Mann und eine Frau.

Mathias ging mit Tim schon aus der Wohnung und wartete draussen vor der Tür.

Ihm war speiübel.

Kati erklärte den Beamten, was sie angetroffen hatten und dass Tims Oma auf dem Weg ins Krankenhaus sei.

„Wir nehmen Tim mit zu uns", sagte sie abschliessend.

Sie gab der Polizistin ihre Adresse.

„In den nächsten Tagen wird sich das Jugendamt bei Ihnen melden. Ich weiss nicht, ob die das noch vor Weihnachten schaffen", sagte die Polizistin.

Die Beamten begleiteten Kati aus der Wohnung, wo Tim und Mathias warteten.

Die Polizisten verabschiedeten sich sehr freundlich, ganz besonders von Tim.

Tim, Kati und Mathias machten sich schweigend auf den Weg zum kleinen Backsteinhaus.

Kati zeigte Tim das Zimmer, in dem Mathias bis vor ein paar Tagen gewohnt hatte.

Sie räumte Tims Sachen in den Schrank. Viel war's nicht.

„Hast du Hunger?", fragte sie ihn.

Er sah sie ein wenig verlegen an und nickte. Kati lächelte.

„Na, dann wollen wir mal schauen, was wir in der Küche finden", sagte sie aufmunternd.

Kati kochte Spaghetti und machte einen Salat dazu.

Tim ass mit grossem Appetit seinen Teller leer.

Kati und Mathias hatten beide nach ein paar Bissen genug. Nachdem was sie gesehen hatten, war ihnen nicht nach Essen zumute.

Kati räumte das Geschirr weg.

Sie hatte auf dem Heimweg ein paar Bücher aus dem Laden mitgenommen.

„Bei der Garderobe steht die Tasche mit den Büchern. Du kannst sie dir gerne holen", sagte Kati zu Tim.

Tim kam mit der Tasche an den Küchentisch zurück. Kati hatte die Tasche sehr voll gepackt und musste Tim helfen, die Bücher wieder raus zu bekommen.

Tim nahm ein Buch nach dem anderen, um zu sehen, was Kati ihm da eingepackt hatte.

„Das kenne ich!", strahlte Tim.

„Das haben wir in der Schule auch."

„Lass mal schauen." Kati setzte sich neben ihn. Er blätterte mit ihr das Buch über einen blauen Drachen durch. Der blaue Drache mit den vielen bunten Punkten half Kindern aus den verschiedensten Schwierigkeiten. Bei einem Bild blieb Tim stehen. Der Drache war in seiner ganzen Grösse auf dem Bild zusehen und lächelte den Betrachter an.

„Gefällt dir das Bild?", fragte Kati.

„Ja, sehr."

„Kannst du zeichnen?", fragte Kati an Mathias gerichtet.

Er sass ganz in Gedanken versunken am Tisch und sah Kati erstaunt an.

„Was meinst du?"

„Ob du zeichnen kannst?"

„Ich habe früher sehr gerne gezeichnet. Aber ich habe es schon Jahre nicht mehr gemacht."

Mathias sah Kati immer noch erstaunt an.

„Höchste Zeit auszuprobieren, ob du es noch kannst! Ich komme sofort wieder."

Kati verliess schmunzelnd die Küche.

„Weißt du, was sie will?", fragte Mathias ratlos und verdrehte die Augen.

„Keine Ahnung", grinste Tim und zuckte die Schultern.

Kati kam mit einem grossen Papier, Bleistift und Radiergummi zurück.

„So", meinte sie zufrieden und legte das Ganze vor Mathias. Sie schnappte sich das Buch mit dem Drachenbild und legte es daneben.

„Kannst du den Drachen abzeichnen, so dass Tim ihn nachher ausmalen kann?", fragte Kati und sah Mathias erwartungsvoll an.

„Das habe ich schon Jahre nicht mehr gemacht!", stöhnte er.

„Eben", gab Kati grinsend zurück.

„Komm, Tim. Setz dich ruhig auf Mathias' Schoss. Dann kannst du ihm zuschauen und siehst gleich, ob es etwas wird", forderte Kati Tim auf.

Das liess Tim sich nicht zweimal sagen. Im Nu sass er auf Mathias' Schoss.

„Ich kann's ja versuchen", seufzte Mathias und rückte Tim auf seinem Schoss zurecht.

118

„Da hab ich dir was Schönes eingebrockt", amüsierte sich Kati.

„Allerdings."

Mathias musste ganz schön zirkeln, damit er an Tim vorbei ans Papier kam.

Anfangs brauchte er oft den Radierer. Er benötigte ein paar Versuche, bis er die Proportionen des Drachens richtig auf dem Papier hatte. Aber mit jedem Strich wurde Mathias sicherer.

Kati sass den beiden gegenüber. Tim verzog keine Mine und war völlig auf Mathias' Hand fixiert, wie sie den Drachen aufs Papier brachte. Und Mathias war ganz ins Zeichnen vertieft.

Es rührte sie, die beiden so zu sehen.

Tim hatte vom ersten Moment an eine besondere Beziehung zu Mathias.

„Sie sind sich sehr ähnlich", dachte Kati.

„Was meinst du?", fragte Mathias.

„Ganz toll!", strahlte Tim.

Kati sah sich den Drachen an.

„Damit habe ich nicht gerechnet!", sagte sie völlig überrascht.

„Der ist ja besser als im Buch! Ich hatte zuerst fast ein schlechtes Gewissen, als ich dich gefragt habe. Aber das wäre eine Unterlassungssünde gewesen, hätte ich es nicht getan!"

„Ich habe auch nicht damit gerechnet, dass es noch geht. Und dass es wieder Spass macht", freute sich Mathias.

Kati holte aus dem Keller ein paar Farbstifte.

„So, jetzt bist du dran", sagte sie zu Tim.

Er nahm sich die Zeichnung und die Farbstifte und setzte sich neben Mathias.

Bevor Tim mit dem Ausmalen begann, drehte er sich zu Mathias und sah ihn ernst an.

„Danke."

„Gern geschehen", antwortete Mathias lächelnd.

Tim malte den Drachen mit grosser Sorgfalt aus.

Er bemühte sich, bloss nicht irgendwo über die Bleistiftstriche hinaus zu malen.

Tim hatte etwa einen Drittel des Drachens ausgemalt, als Kati meinte, es wäre doch Zeit ins Bett zu gehen. Sie hatte Tim zuschaut, wie er mehrfach herzhaft gähnte.

Mathias sass ganz in Gedanken neben Kati.

Sie hatten beide ein Buch vor sich liegen, während Tim malte. Aber Kati hatte bemerkt, dass Mathias nicht las. Er hatte den ganzen Abend kaum ein Wort gesprochen. Nur gerade beim Zeichnen.

„Heute bringe ich dich ins Bett. Und morgen ist Mathias an der Reihe. Ist das in Ordnung so?", fragte sie Tim.

„Ja."

Tim ging zu Mathias, um ihm gute Nacht zu sagen. Mathias nahm ihn wortlos in die Arme.

Kati begleitete Tim in sein Zimmer. Mathias hörte, dass die beiden sich unterhielten.

Ihm war elend. Er setzte sich im Wohnzimmer aufs Sofa.

Mathias hatte geglaubt, es sei vorbei.

Es sei abgeschlossen. Und jetzt kam alles wieder hoch.

Kati kam nach einer Weile zurück und setzte sich neben ihn. Sie lehnte sich sanft an ihn und wartete.

„Ich war etwa ein Jahr jünger als Tim, als es geschah", begann Mathias leise.

„Meine Eltern sind zum Geburtstagsfest eines Freundes gefahren. Ein Nachbarsmädchen hat auf mich aufgepasst. In der Nacht kamen zwei Polizisten. Und die Eltern des Mädchens, das auf mich aufpasste.

Sie hatten mich geweckt. Sie sagten mir, meine Eltern seien verunglückt. Tödlich. Ich habe überhaupt nicht verstanden, was sie meinten.

Ich fragte sie, wann meine Eltern denn nach Hause kämen. Nie mehr, war ihre Antwort.

Die Nachbarn haben mich in der Nacht zu sich genommen. Ich war in einem fremden Zimmer. Ich konnte mir nicht vorstellen, was das Ganze soll. Meine Mutter hatte mir gesagt, sie seien bald wieder zurück. Ich hatte die ganze Zeit das Gefühl, sie wird jeden Moment zur Tür hineinkommen. Aber sie kam nicht.

Am nächsten Tag kam die Schwester meines Vaters. Meine Mutter hatte keine Geschwister. Ich kannte sie kaum. Mein Vater hatte keinen Kontakt zu ihr. Sie nahm mich mit zu sich nach Hause."

Mathias räusperte sich. Es fiel ihm sichtlich schwer, weiter zu erzählen.

„Kati, es war grässlich. Ihr Mann und sie waren älter als meine Eltern. Sie hatten schon zwei Kinder, die über zehn Jahre älter waren als ich.

Sie haben mich nur aus Anstand genommen. Weil man ja nicht anders konnte. Ich hatte für alles und jedes dankbar zu sein. Schliesslich durfte ich ja bei ihnen sein. Ich hatte mein eigenes Zimmer. Und dort gehörte ich auch hin. Sie sprachen kaum ein Wort mit mir. Ich passte nicht in die Familie. Endlich seien ihre Kinder draussen, sagte meine Tante oft. Und jetzt müsse ihr das mit mir passieren.

Aber dankbar hatte ich zu sein!", sagte Mathias grimmig.

„Ich habe einmal der Mutter eines Schulkameraden erzählt, dass ich mich bei meiner Tante nicht wohl fühlte. Ich höre noch, wie meine Tante mich am nächsten Abend zu sich rief, ‚Mathias, komm bitte hier her!' Sie ist völlig ausgerastet. Sie hat lange auf mich eingeschlagen, und ich wusste nicht einmal wieso! Bis sie dann schrie, was mir eigentlich einfallen würde, sie bei andern Leuten schlecht zu machen! Ich habe nie mehr irgendwo irgendetwas gesagt!"

Mathias hatte Tränen in den Augen.

„Kati, in den Moment habe ich meine Eltern gehasst. Sie hatten mir beim Weggehen gesagt, dass sie bald wieder kommen! Und jetzt sass ich alleine da! Ich war so enttäuscht, so wütend auf sie!"

Kati nahm seine Hand. Sie war eiskalt und zitterte.

„Das ging mir genau so", sagte Kati leise.

Mathias sah sie fragend an.

„Nachdem Stefan gestorben war, gab es immer wieder Momente, in denen ich wütend, stocksauer auf ihn war. Ich hatte in meiner Trauer oft das Gefühl, dass er mich in meinem Elend einfach allein gelassen hatte.

Ich hatte mir meine Zukunft nicht so vorgestellt. Ganz und gar nicht. Aber sie war so. Weil er nicht mehr da war", sagte Kati traurig.

„Aber ich hatte Sebastian. Wir haben uns über dieses Gefühl unterhalten. Er empfand das Gleiche seiner Frau gegenüber. Er war älter als sie und war fest davon ausgegangen, dass wenn schon einer zuerst stirbt, er es sein würde. Und jetzt war es anders herum.

Wir hatten Glück, einander zu haben. Einer holte den anderen immer wieder in die Realität zurück. Und wir akzeptierten es voreinander."

„Ich hatte niemanden", sagte Mathias leise.

„Das einzige, was mir in der Zeit bei meiner Tante half, war das Lesen. Als ich in der Schule lesen gelernt hatte, zog ich mich zurück in die Bücherwelt. Es gab für mich nichts Schöneres als zu lesen."

Mathias schluckte.

„Ich war wie Tim. Ich habe kaum ein Wort gesagt. Meine Tante legte mir das als Undankbarkeit aus. Sie lag mir dauernd mit dieser Dankbarkeit in den Ohren. Ich habe mir in dieser Zeit geschworen, nie wieder von irgendwem oder irgendwas abhängig zu sein. Ich wollte niemandem mehr dankbar sein müssen!"

Mathias hatte Mühe weiter zu sprechen.

„Kati, ich wollte nicht hierher. Ich hatte die ganze Zeit Angst, dass wieder irgendetwas in der Art wie früher kommt. Ich habe noch nie mit jemandem zusammengewohnt. Die Beziehungen gingen immer schon vorher in die Brüche. Im Nachhinein muss ich sagen, habe ich wahrscheinlich den Bruch gesucht, herbeigeführt. Ich habe lieber alleine gelebt, um gar nie mehr in die Gefahr zu laufen, dankbar sein zu müssen. Oder gar abhängig zu sein. Deshalb bin ich auch allen Sozialwerken aus dem Weg gegangen. Dort um etwas bitten zu müssen, habe ich einfach nicht fertig gebracht.

Aber ich habe mich die letzten drei Wochen hier wohl gefühlt. Ich bin gerne hier. Im Laden. Ich habe nicht gewusst, dass ich auf andere Leute zugehen kann. Das weiss ich erst seit der Arbeit im Laden."

Seine Miene hellte sich etwas auf.

„Und ich habe nicht damit gerechnet, dass ich mich verlieben würde." Er lächelte Kati an.

„Aber ich habe immer noch Mühe, das hier als mein Zuhause anzusehen. Ich weiss nicht warum, aber ich komme mir immer noch vor wie …", er suchte nach einem Wort.

„… ein Gast", ergänzte Kati lächelnd.

Er sah Kati überrascht an.

„Bei mir hat es Jahre gedauert, bis ich dieses Haus als mein Zuhause angesehen habe. Sebastian hat mich mit hierher genommen. Und ich war froh, dass ich hier sein durfte. Aber es war sein Zuhause. Nicht meines. Sogar als ich das Haus nach drei Jahren von Sebastian gekauft habe, war es noch nicht mein Zuhause. Ich brauchte fürchterlich lange, bis es soweit war.

Ich habe es Sebastian nie gesagt, denn ich weiss nicht, ob er es verstanden hätte", sagte Kati verlegen.

Mathias hatte nicht darüber nachgedacht.

Dass Kati wie er gefühlt haben musste, als sie hierher kam.

Dass sie auch die Wut während ihrer Trauer erlebt hatte.

Dass auch sie damit leben musste.

„Möchtest du denn hier bleiben?", fragte sie leise in seine Gedanken.

Mathias zuckte zusammen und sah sie ernst an. Langsam nahm sein Gesichtsausdruck ein sanftes Lächeln an.

„Nichts lieber als das."

Er zog Kati sanft an sich und küsste sie.

4. Advent

Mathias sah zu Kati hinüber. Sie lag mit dem Rücken zu ihm und schlief noch. Er rutsche ganz nah zu ihr und legte vorsichtig seinen Arm um sie.

Sie hatten sich gestern Abend geliebt, doch er hatte sich von all den Geschehnissen nicht lösen können. Kati hatte es bemerkt, aber nichts gesagt. Die Bilder bei Tims Oma, die Erinnerung an seine Eltern hatten ihn nicht losgelassen, und er hatte lange nicht einschlafen können.

Aber jetzt fühlte er sich befreit.

Bis gestern hatte er nie jemanden so nahe an sich herankommen lassen. Dass er das überhaupt geschafft hatte, verdankte er Tim. Die traurigen Verhältnisse, die sie bei ihm antrafen, hatten Mathias erschüttert. Und sie holten Gefühle, von denen er gehofft hatte, sie seien begraben, mit ungeahnter Wucht hervor.

Durch dass er mit Kati gesprochen hatte, fühlte sich Mathias erleichtert.

Kati wusste, was vorgefallen war. Wie er fühlte. Und sie kannte die meisten dieser Gefühle aus eigener Erfahrung. Er hatte nicht damit gerechnet, dass ihm dies so viel bedeuten würde.

Und er wollte bei ihr bleiben!

Kati drehte sich um und sah Mathias verschlafen an.

„Guten Morgen", lächelte sie.

„Guten Morgen."

„Hast du gut geschlafen?" Kati stütze ihren Kopf in ihre Hand und sah ihn besorgt an.

„Danke. Ich hatte zuerst Mühe einzuschlafen. Aber jetzt bin ich erleichtert. Und glücklich. Glücklich, dass wir zusammen sind!"

Mathias nahm Kati in seine Arme und küsste sie. Sie erwiderte den Kuss. Er zog Kati noch näher an sich. Sie liebten sich und waren sich so nah, so verbunden wie nie zuvor.

„Schaust du nach, ob Tim schon wach ist?", fragte sie Mathias.
Sie hatten sich geduscht und angezogen.
Mathias ging leise in Tims Zimmer.
„Guten Morgen", sagte er überrascht.
Tim sass bereits angezogen am Tisch und malte.
„Guten Morgen. Schau mal, es fehlt nicht mehr viel", strahlte Tim.
Gut zwei Drittel der Zeichnung hatte Tim schon fertig.
„Du bist ja schon enorm weit", lobte ihn Mathias.
„Hast du nicht auch Hunger? Komm, wir schauen, wie weit Kati mit dem Frühstück ist." Tim legte die Zeichnung beiseite und ging mit Mathias in die Küche.
Kati zündete die vier Adventskerzen an und die Kerze auf dem Küchentisch.
Die Drei frühstückten ausgiebig.

„Ich mache gleich noch den Teig für die Weihnachtskekse bereit", sagte Kati zu Tim.
„Welche Kekse?", fragte Mathias.
„Wir haben gestern vor dem ins Bettgehen beschlossen, dass wir heute zusammen Kekse backen. Wir haben noch keine und schliesslich ist übermorgen Heiligabend", sagte Kati und nickte Tim zu.
„Und zudem wollen wir in Ruhe backen und nicht in eine Rennerei kommen, wenn wir um halb fünf im Musical sein wollen."
Tim half Kati den Teig zu rühren. Er hielt den Mixer und Kati gab nach und nach die Zutaten in die Schale.
„Prima. Wir sind fertig. Jetzt muss der noch eine Weile in den Kühlschrank. Dann können wir nachher zusammen ausstechen."
„Ich male solange an meinem Bild weiter", sagte Tim fröhlich und ging nach hinten in sein Zimmer.

Das Telefon klingelte und Kati nahm ab. Nach ein paar Minuten war das Gespräch beendet.

„Es war eine Frau vom Jugendamt. Sie fragte, ob sie heute Abend um halb acht noch schnell vorbeikommen darf. Sie fliegt morgen in die Ferien und möchte sich noch vergewissern, dass für Tim alles in Ordnung ist. Ich habe ihr zugesagt. Sie hat Tims Lehrerin ausfindig gemacht und bringt sie mit."

Mathias nickte ganz in Gedanken.

„Was machen wir, wenn Tim niemanden hat?", fragte Mathias nach einer Weile.

„Hast du etwas dagegen, wenn er bei uns bleibt?", fragte Kati zurück.

„Nein. Ganz und gar nicht."

Seltsam, es war ihm mit dieser Antwort wirklich ernst. Vor drei Wochen hatte er sich nicht vorstellen können, überhaupt mit jemandem zusammenzuleben. Und jetzt freute er sich fast auf die Möglichkeit, dass Tim zu ihnen kam.

„Gut. Wenn Tim es möchte, bleibt er bei uns", sagte Kati ernst. „Mir ist Tim im Verlaufe des letzten halben Jahres sehr ans Herz gewachsen und ich würde mich freuen, wenn er bleiben möchte. Aber er muss es wollen. Ausserdem ist bei uns ein Zimmer frei geworden und du kennst ja meine Einstellung betreffend leerer Zimmer", schmunzelte sie.

Mathias sah Kati eine Weile schweigend an. Etwas mulmig war ihm nun doch.

„Glaubst du, wir schaffen das?", fragte er und sah sie dabei unsicher an.

„Zu zweit … Ja. Zudem hast du Tims Situation selber erlebt. Ich kann mir keinen verständnisvolleren Ersatzvater vorstellen als dich."

Kati lächelte Mathias sanft an.

Tim und Kati stachen zusammen Plätzchen aus. Tim war mit Begeisterung dabei. Nach einer Weile liess Kati ihn alleine werken und half nur noch, wenn es nötig war.

Mathias schaute den beiden vom Sofa aus zu. So hatte er sich die Adventszeit immer gewünscht. Ein Gefühl der Geborgenheit kam in ihm auf.

Er sah wieder zu den beiden und schmunzelte.
Katis Strähne hing wieder auf der falschen Seite.

Als sie viertel nach vier in der Kirche ankamen, sassen schon die meisten Leute auf ihren Plätzen. Ihre Plätze waren im vorderen Drittel in der Mitte.
Der Innenraum der Kirche war grösser, als sie erwartet hatten. Die gut hundert Kinder hatten auf der Bühne hinter dem Altar ausreichend Platz und im rechten vorderen Teil sass das Orchester. Der Altar war umdekoriert zu einer Krippe.
Es war nur die Bühne beleuchtet, und an den Seitenwänden der Kirche waren Kerzen angezündet. Das alles wirkte sehr feierlich.
Die Kirche war bis auf den letzten Platz besetzt.
Kurz vor Beginn nahmen mehrere Erwachsene in der Reihe vor ihnen Platz. Tim sah überhaupt nichts mehr. Mathias nahm ihn auf seinen Schoss. So ging's.
Kati zog sich eine Brille aus ihrer Tasche.
„Seit wann hast du eine Brille?", fragte Mathias erstaunt.
„Oh, schon lange. Die ist bloss fürs Kino, Theater und so. Sonst sehe ich alles verschwommen", schmunzelte sie.
Der Pfarrer der Markuskirche begrüsste die Anwesenden, dankte den Kindern für ihren Einsatz, wünschte ihnen viel Erfolg und allen Anwesenden ein schönes Weihnachtsfest.
Dann setzte die Orgel ein, gefolgt von Posaunen, Pauken Schlagzeug und den Kindern.
Sie sangen und spielten die Weihnachtsgeschichte mit einer Begeisterung, die alle Anwesenden gefangen nahm.
Während der Szene, in der die Kinder als römische Soldaten verkleidet das Volk zur Volkszählung trieben, war Tim völlig auf die metallenen Schwerter und Schilder der Soldaten fixiert. Kati sah, mit welcher Begeisterung er diese Soldaten beobachtete.
Aber der Beeindruckendste war ein blonder Junge, der einen Hirtenjungen spielte.
Er stand alleine in der Mitte der Bühne.
Die Orgel setzte leise ein und er begann sein Lied. Glockenklar setzte er ein und er füllte mit seiner Stimme problemlos den Kirchensaal.

Er sang sein Lied über die Angst, die er hatte, als es plötzlich hell wurde auf dem Feld. Seinen Weg zum Stall und sein Geschenk, ein Schaffell, für das Jesuskind.

Als bei der zweiten Strophe die hundert Kinder mehrstimmig mitsummten, lief es Mathias kalt den Rücken runter.

Als dann noch die Posaunen leise einsetzten und der Junge mit Hingabe die dritte Strophe sang, war es bei ihm geschehen. Ihm liefen die Tränen über die Wangen.

Nachdem der Junge mit seinem Lied fertig war, herrschte Totenstille im Kirchenraum.

Dann ging ein tosender Applaus los.

Mathias suchte umständlich nach einem Taschentuch, denn er wollte Tim nicht von seinem Schoss schieben.

Da reichte ihm Kati ein Papiertaschentuch herüber.

„Meine Brille ist auch nass", flüsterte sie ihm zu.

Das Stück endete mit einem Lied, in dem alle Kinder noch einmal die Geschehnisse der Heiligen Nacht besangen. Die Orgel begleitete sie und nach und nach setzten alle weiteren Instrumente ein bis zu einem mächtigen Schlussakkord.

Es folgte ein tosender Applaus!

Frau Roth hatte nicht zu viel versprochen.

Es war eine grossartige Aufführung von allen Beteiligten!

Die Anwesenden wollten zuerst kaum die Kirche verlassen und entsprechend lange hielt der Applaus an.

Kati und Mathias begrüssten etliche Leute, die sie als Kunden aus der Buchhandlung kannten.

Langsam löste sie das Gedränge auf und sie kamen vor die Kirche.

„Hast du die Soldaten gesehen?", fragte Tim begeistert.

„Die hatten richtige Schilder und Schwerter! Wie die vom Spielwarengeschäft."

„Welchem Spielwarengeschäft?", fragte Kati.

„Ich zeig es euch. Es ist gleich da vorne!"

Tim war ganz aufgedreht. So hatten ihn Kati und Mathias noch nie erlebt. Er erzählte immer wieder einzelne Passagen aus dem Musical nach.

Dann rannte er fröhlich vor ihnen her.

Zwei Strassen weiter blieb Tim vor einem Schaufenster stehen.

„Schaut mal! Der in der Mitte sieht genau aus wie der Hauptmann heute Abend. Und die drei dort drüben wie seine Soldaten."

Tim deutete auf verschiedene Figuren im Schaufenster.

Nach und nach zeigte er Kati und Mathias alle Figuren, die er toll fand.

Tim lief den restlichen Heimweg zwischen Kati und Mathias. Er hielt die beiden an der Hand. Munter erzählte er weiter, wer von seiner Klasse schon solche Soldaten hatte, wer welche hatte und dass er sie sich oft im Schaufenster angesehen hatte.

Es war, als sei bei Tim ein Knoten geplatzt. Kati und Mathias tauschten einen Blick.

Und sie wussten voneinander, wie froh beide über Tims Freude waren.

Sie hatten kaum fertig gegessen, als es an der Tür klingelte.

Kati liess die beiden Frauen herein.

„Guten Abend, Frau Dera. Mein Name ist Neuhaus. Wir haben miteinander telefoniert", stellte sich die festere der beiden Frauen vor. Sie hatte dunkle, glatte Haare und wirkte auf Kati sehr ernst, eigentlich sogar streng.

„Darf ich Ihnen Frau Berger, Tims Lehrerin, vorstellen?"

„Guten Abend, Frau Dera. Es freut mich, Sie kennen zu lernen. Schön, dass wir um diese Uhrzeit noch vorbeikommen dürfen", grüsste eine kleine, zierliche Frau mit lauter kastanienfarbigen Locken. Sie glich mit ihrer quirligen, fröhlichen Art die Strenge von Frau Neuhaus locker wieder aus.

Kati hatte den Eindruck, dass es Spass machen musste, bei ihr im Unterricht zu sitzen. Kati war froh, dass die strenge Frau Neuhaus von Tims Lehrerin begleitet wurde.

„Guten Abend. Kommen Sie bitte herein."

Kati führte die beiden in die Küche.

„Hallo, Frau Berger!", rief Tim sichtlich freudig überrascht.

Mathias begrüsste die beiden Frauen.

Tim war immer noch in Fahrt und erzählte Frau Berger begeistert von der Aufführung.

Am Gesicht der Lehrerin sahen Kati und Mathias, dass sie ihn auch noch nicht auf diese Art erlebt hatte.

„Kommen Sie, Frau Berger. Ich zeige Ihnen etwas", beendete Tim seinen Bericht.

Sie verliess gespannt mit Tim die Küche.

„Wie ich sehe, fühlt sich Tim schon recht wohl", begann Frau Neuhaus.

„Haben Sie die Möglichkeit und auch die Absicht, ihn länger hier zu behalten?"

„Wenn Tim bleiben möchte, würde uns das sehr freuen", sagte Mathias ernst.

„Darf er denn bei uns bleiben?", fragte Kati.

„Sie sind unsere einzige Möglichkeit ausser dem Heim", sagte Frau Neuhaus ehrlich.

„Haben Sie schon mit Tim gesprochen, ob er hier bleiben will?"

„Nein. Er hat gerade Mal eine Nacht hier geschlafen. Wir möchten ihn nicht drängen. Vor allem kannten wir Ihre Sicht der Dinge nicht", gab Mathias zur Antwort.

In dem Moment kam Frau Berger zurück und setzte sich zu ihnen.

„Tim ist in seinem Zimmer und malt das Bild fertig. Den Drachen haben Sie grossartig hingekriegt", lächelte sie Mathias an.

„Danke", antwortete Mathias etwas verlegen.

„Für Tim ist wohl ein grosser Wunsch in Erfüllung gegangen", begann die Lehrerin ernst.

Kati und Mathias sassen ein wenig ratlos da.

„Ich will Ihnen etwas zeigen."

Frau Berger zog ein Bild aus ihrer Tasche. Darauf war ein Kind mit einem Mann und einer Frau neben sich gezeichnet.

„Tim hatte das Bild am ersten Schultag nach den Sommerferien gezeichnet und hinten im Schulzimmer aufgehängt. Die Kinder sollten ihre Familie zeichnen. Vor etwa zwei Wochen kam er zu mir und wollte das Bild noch einmal von der Wand haben. Er hat etwas neu eingezeichnet."

Frau Berger zeigte auf die Brille beim Mann. Mathias schluckte.

Kati sah sich die Frau genauer an. Sie erkannte, dass er ihre Strähne gezeichnet hatte. Wenn man von der Strähne wusste, erkannte man sie.

„Hat er die dann auch eingezeichnet?", fragte Kati und deutete auf die Strähne.

Frau Berger schüttelte den Kopf.

„Die hatte er schon im Sommer gezeichnet", antwortete Frau Berger leise.

Kati hatte Tränen in den Augen. Sie war sich lange noch nicht einmal sicher gewesen, ob sich Tim überhaupt bei ihr wohl fühlte. Sie hätte nie mit einem solchen Wunsch gerechnet.

Keiner sagte ein Wort.

Frau Neuhaus fasste sich zuerst.

„Dann kann Tim bleiben?", fragte sie freundlich. Es war das erste Mal, dass sie lächelte.

Kati und Mathias nickten.

„So wie heute Abend habe ich Tim noch nie erlebt. Er sagt sonst kaum ein Wort", sagte Frau Berger.

„Für uns ist es auch das erste Mal. Nach dem Konzert war es, als wäre eine Trennwand gebrochen", erwiderte Kati nachdenklich.

Die beiden Frauen verabschiedeten sich.

„Wir bleiben in Kontakt. Und schöne Weihnachten", grüsste Frau Neuhaus.

„Schöne Weihnachten und alles Gute. Ich sehe Tim ja morgen noch in der Schule", verabschiedete sich Frau Berger.

Mathias legte den Arm um Kati. Sie gingen zurück ins Wohnzimmer und setzten sich aufs Sofa. Beide hingen ihren Gedanken nach.

Nach einer Weile sah Mathias auf die Uhr.

„Ich glaube, Tim muss ins Bett. Er hat morgen Schule."

Mathias gab Kati einen Kuss auf die Wange und stand auf.

„Ich bin heute dran", meinte er lächelnd.

Wenig später kam Tim und sagte Kati gute Nacht.

„Schlaf gut", sagte sie und gab ihm einen Kuss auf die Stirn.

Tim schlüpfte unter die Decke.

„Rutsch ein Stück. Dann lege ich mich einen Moment neben dich", sagte Mathias.

„Kati hat mir gestern etwas von sich erzählt", begann Tim als Mathias neben ihm lag.

„So?"

„Ja. Sie hat mich gefragt, was ich möchte. Eine Geschichte erzählen. Eine Geschichte vorlesen. Oder etwas erzählen von ihr. Von früher. Das haben ihre Eltern bei ihr beim Ins-Bettgehen auch so gemacht."

„Und, was hat sie erzählt?"

„Etwas von sich. Von früher. Dass ihr grosser Bruder und sie Weihnachtskekse aus der Dose geklaut haben. Und am Heiligabend war die Dose leer", erzählte Tim amüsiert.

„Und sie hat mich gefragt, ob sie mir einen Gutenachtkuss geben darf."

„Hast du einen gekriegt?"

„Hier hin." Tim deutete stolz auf seine Stirn.

„Und heute Abend wieder", fügte er erfreut an.

Tim setzte sich auf und sah Mathias an.

„Hast du auch einen Bruder?", fragte er.

„Nein, ich habe keine Geschwister."

„Dann bist du wie ich alleine."

„Ja. Und wie bei dir, sind meine Eltern früh gestorben. Ich war etwa so alt wie du."

Tim dachte einen Moment nach.

„Bei wem hast du gewohnt?", fragte er.

„Bei meiner Tante und ihrer Familie."

„Waren sie nett?"

Mathias schüttelte leicht den Kopf.

„Nein, überhaupt nicht."

Tim legte sich zurück neben Mathias.

„Ich bin auch nicht gerne bei meiner Oma", sagte er leise.

„Das kann ich verstehen."

Mathias legte den Arm um Tim. Er wartete, ob Tim sich noch weiter äussern würde. Aber er sagte nichts mehr.

Mathias hielt es für besser, auch nicht weiter zu fragen.

„Lassen wir es für heute gut sein."

Er setzte sich auf.

„Darf ich dir auch einen Gutenachtkuss geben?"
„Machen das Männer?", fragte Tim unsicher.
Mathias musste lachen.
„So Alte wie ich schon."
Er gab ihm einen Kuss auf die Stirn.
„Schlaf gut."
„Du auch", antwortete Tim.

Montag

Mathias brachte Tim zur Schule.
Kati hatte Mathias gebeten, auf dem Rückweg gleich noch einen Weihnachtsbaum zu besorgen.
„Weihnachten mit einem Kind und ohne Weihnachtsbaum – unmöglich!", hatte sie ihm gestern Abend noch erklärt.
Er hatte Glück und fand in der Nähe des Backsteinhauses einen Weihnachtsbaumhändler.
So brauchte Mathias den Baum nicht allzu weit nach Hause zu tragen. Er stellte ihn hinter das Haus.

Kati war schon in die Buchhandlung gegangen. Als Mathias dort ankam, verliess Peter den Laden.
„So, noch morgen, dann ist es geschafft! Schönen Tag auch!", rief er fröhlich Mathias zu.
„Bis morgen", grüsste Mathias zurück.
Kati und Mathias hatten den ganzen Tag über Kundschaft im Laden. Aber die Leute kamen gut verteilt. Das war eine angenehme Überraschung für die beiden.

Kati holte Tim von der Schule ab und er verbrachte den ganzen Nachmittag im Laden.
Er bemühte sich, zu helfen, wo es nur ging. Kati freute sich einerseits über seinen Eifer. Aber andererseits war sie fest

entschlossen, ihn nach Weihnachten mehr nach draussen und unter andere Kinder zu bringen.

Sie würde mit Mathias einen Weg finden.

„Wollen wir gleich auf dem Heimweg bei Oma Hansen vorbei?", fragte Kati, nachdem sie die Kasse abgerechnet hatten.

Tim erschrak sichtlich, als Kati das Wort Oma erwähnte.

„Das habe ich ganz vergessen", gestand Mathias.

„Macht nichts. Wir gehen alle zusammen bei ihr vorbei. Dann lernt sie gleich meine beiden Männer kennen", sagte Kati fröhlich.

Tim sah sie wenig begeistert an.

„Sie ist eine sehr nette, ältere Frau", versuchte Kati Tim aufzumuntern.

Er sah sie immer noch gleich skeptisch an.

Die Tür wurde von einer kleinen, rundlichen Frau geöffnet. Die runden Brillengläser ihrer altertümlichen Hornbrille waren etwas zu gross für ihr Gesicht. Dadurch wurde ihr fröhlicher Gesichtsausdruck noch verstärkt.

„Schön, dass ihr alle zusammen gekommen seid!", begrüsste sie die Drei freudig.

Tims Mine hellte sich kein Bisschen auf.

Bevor sie gekommen waren, hatte Kati Oma Hansen kurz Tims Geschichte am Telefon erzählt.

Sie setzten sich in der Stube an den Tisch. Tim sass mit unbewegter Mine da und es wollte kein rechtes Gespräch in Gang kommen. Kati war schon ganz mulmig zu Mute.

Nur Oma Hansen liess sich nichts anmerken. Immer wieder begann sie freundlich das Gespräch.

Plötzlich stand sie auf, ging zur Terrasse und öffnete die Tür.

„Den hier wollte ich euch noch unbedingt zeigen", sagte sie fröhlich.

Ein kleines, getigertes Knäuel rannte wie ein Blitz durch die Stube.

Kati, Mathias und Tim erkannten im ersten Moment gar nicht, was es war.

„Das ist Newton! Er wohnt seit vier Tagen bei mir", erklärte Oma Hansen amüsiert.

Eine kleine Tigerkatze sprang über den Tisch.

„Er ist mir durch die Tür in die Stube geschlüpft. Seitdem bringe ich ihn nicht mehr los. Aber ich habe die Familie ausfindig gemacht, bei der er ausgebüchst ist. Er ist eine von fünf jungen Katzen und sie sind froh, dass er jetzt bei mir ist."

Während Oma Hansen das erzählt hatte, war die kleine Katze schon mindestens drei Mal durch die ganze Stube gerannt und hatte dabei weder Tisch noch Stühle als Sprungbrett ausgelassen.

Tim sass völlig gebannt da. Newton sprang soeben auf seinen Schoss. Die Katze war völlig fasziniert von den Bändern, die von der Kapuze seines Sweatshirts auf Tims Brust lagen.

Newton versuchte immer wieder, die Bänder mit seinen Pfoten zu fassen.

Die längste Zeit spielte die Katze mit Tims Bändern.

„Das kitzelt fürchterlich", lachte Tim.

„Er mag dich", sagte Oma Hansen freundlich. „Er ist zwar ein Draufgänger, aber er geht selten zu Leuten, die er nicht kennt. In diesem Punkt ist er sehr scheu."

Tim strahlte Oma Hansen stolz an.

„Die Vorbesitzer haben ihn Newton genannt, weil er so ein Draufgänger ist. Sie haben gesagt, dass er alle Gesetze der Erdanziehungskraft durcheinander bringt. Anscheinend hat dieser Newton etwas mit diesen Gesetzen zu tun. Ich habe davon keine Ahnung. Auf alle Fälle heisst dieser kleine Wildfang deshalb Newton", erzählte Oma Hansen Tim lachend.

Kati sah Mathias erleichtert an. Das Eis zwischen Oma Hansen und Tim war gebrochen. Sie war schon drauf und dran gewesen, nach Hause zu gehen.

„Newton sei Dank", dachte Kati.

Tim hatte sich vor dem Sofa auf die Erde gesetzt und spielte mit der Katze.

Mathias und Oma Hansen hatten festgestellt, dass sie die gleiche Gegend in Nepal bereist hatten. Die beiden unterhielten sich bestens und Oma Hansen kramte sogar Fotos von ihrer Reise hervor.

Tim sass vor dem Sofa und Kati sah, dass Newton auf seinen Beinen eingeschlafen war.

Kati setzte sich neben Tim auf den Boden.

„Möchtest du nicht zu uns an den Tisch kommen?", fragte Kati.

„Das geht doch nicht. Newton schläft doch!", sagte Tim.

„Du hast Recht. Dann lassen wir ihn besser schlafen. Bist du auch müde?"

„Ein bisschen."

„Komm, lehn dich hier bei mir an." Sie legte den Arm um Tim.

„Wir lassen Newton noch einen Moment schlafen, dann gehen wir nach Hause. Magst du ihn?"

„Ja …, aber Silas mag ich noch mehr", sagte Tim nach einer Weile.

„Wer ist denn Silas?", fragte Kati erstaunt.

„Der Hund von Herrn Schmitt. Ich bin nachmittags immer mit ihm spazieren gegangen. Aber als ich zur Schule kam, musste Herr Schmitt ins Altersheim und Silas ins Tierheim. Ich wollte Silas haben, aber Oma hat Nein gesagt", erzählte Tim sowohl traurig als auch ärgerlich.

„Und Silas ist jetzt im Tierheim?"

„Ja."

„Was für ein Hund ist er denn?"

„Braun, weiss, schwarz und so gross. Ein Beagle."

Tim zeigte mit seiner Hand die Höhe.

„Bellt er?"

„Überhaupt nicht! Das habe ich Oma auch gesagt. Aber sie wollte ihn trotzdem nicht!", sagte er verzweifelt.

Kati schluckte.

„Auch noch ein Hund!" dachte sie bei sich.

Nun ja, auf den käme es eigentlich auch nicht mehr an …

Zudem konnte sie Tim gut verstehen. Kati war mit Hunden aufgewachsen. Solange ihr Bruder und sie noch zuhause waren, lebte ein Hund mit im Haus. Erst als beide ausgezogen waren, haben sich ihre Eltern keinen weiteren mehr angeschafft.

Aber ein Beagle! Kati konnte mit der Rasse überhaupt nichts anfangen. Sie hatten vor Jahren einen in der Nachbarschaft gehabt. Ein furchtbarer Kläffer! Und giftig. Er kam an keinem Hosenbein vorbei, ohne nicht wenigstens den Versuch zu starten, ob er es nicht erwischen konnte.

Sie würde mit Mathias darüber reden.

Er unterhielt sich immer noch bestens mit Oma Hansen.

Etwas später war Tim in Katis Arm eingeschlafen, immer noch den schlummernden Newton auf den Beinen.

Sie verabschiedeten sich von Oma Hansen und Mathias trug den müden Tim nach Hause.

Heiligabend

Mathias war alleine in die Buchhandlung gegangen.

Kati liess Tim ausschlafen.

Als Tim aufwachte, hörte er, dass sie in ihrem Schlafzimmer telefonierte. Nachdem sie aufgehört hatte zu sprechen, kam sie aus dem Schlafzimmer.

„Guten Morgen, Tim. Hast du gut geschlafen?", fragte sie ihn fröhlich.

„Ja."

„Möchtest du frühstücken?"

„Ich zieh mich noch schnell an. Dann komme ich", rief Tim, während er ins Zimmer lief.

Nach dem Frühstück spazierten Kati und Tim zum „Treff-Punkt". Wie angekündigt, war das Wetter föhnig geworden. Sie mussten ihre Jacken öffnen, um nicht ins Schwitzen zu kommen.

Sie kamen gerade rechtzeitig. Der Morgen war bis dahin angenehm gewesen. Aber jetzt trafen viele Kunden gleichzeitig ein, um die letzten bestellten Bücher abzuholen.

Während der Mittagszeit kamen etliche Kunden, die noch schnell etwas für Weihnachten suchten.

Nach und nach wurde der Kundenstrom weniger, und es wurde ruhig.

Kati hatte einen Kunden an der Kasse fertig bedient, als plötzlich Tim neben ihr stand.

Er hatte sein Lieblingsbuch und seine Autospardose mit zu ihr gebracht.

„Kati, ich möchte das Buch kaufen", sagte er ernst.

Kati wollte es Tim im ersten Moment schenken, hatte aber den Eindruck, dass es ihm wichtig war, es selbst zu kaufen.

„Gut", lächelte sie, "fünf Euro."

Tim sah sie fragend an.

„Da steht doch etwas anderes drauf."

„Stimmt. Aber du hast Mitarbeiterrabatt."
Er schaute sie noch verständnisloser an.
„Weißt du Tim, du arbeitest doch hier. Du hilfst Mathias und mir. Und jemand, der hier arbeitet, erhält die Bücher billiger."
Jetzt war für Tim die Welt wieder in Ordnung.
Er legte Kati die fünf Euro auf den Tisch und brachte seine Spardose und das Buch in die Büronische zurück.
„Ich mache mich jetzt auf den Weg", sagte Kati zu Mathias.
„Ich komme mit Tim nach Hause, sobald du dich gemeldet hast", erwiderte er leise.

Nach Ladenschluss begann Mathias die Kasse abzurechnen.
Er liess Tim auch zählen.
„So dauert es hoffentlich ein wenig länger", dachte er sich.
Er hatte Glück. Sie mussten zweimal alles nachzählen, bis es stimmte.
Danach ging er gemächlich mit Tim zur Bank.
Als sie die Kassette eingeworfen hatten, surrte das Handy in seiner Hosentasche.
Er schaute auf das Display:

Bin fertig. Ich liebe dich! Kati

„Ab nach Hause", sagte er lächelnd zu Tim.
Tim hielt in der einen Hand sein Buch und mit der anderen nahm er Mathias Hand.
Ausser den beiden war niemand mehr unterwegs.

Kati öffnete ihnen die Tür.
Nachdem Tim und Mathias ihre Jacken ausgezogen hatten, gingen sie zusammen mit Kati in die Stube.
Gegenüber dem Sofa stand er.
Ein wunderschön geschmückter Weihnachtsbaum.
Sie hatte ihn in den Farben der Adventsgestecke geschmückt. Mit weissen, silbernen und transparenten Kugeln.
Als Farbtupfer hatte sie Glocken, Nikoläuse, Engel und einige Tiere in den verschiedensten Farben dazwischen gehängt.
Tim ging sprachlos auf den Baum zu.

Auch Mathias war überrascht. Er hatte nicht damit gerechnet, dass sie so etwas in der kurzen Zeit schaffen würde.

Unter dem Baum lagen zwei Pakete. Eines für Tim und eines für Mathias.

Tim stutzte einen kleinen Moment.

„Augenblick. Ich bin gleich wieder da!"

Er rannte in sein Zimmer und kam mit zwei Paketen in der Hand wieder.

„Die sind für euch!", strahlte er Kati und Mathias an und gab jedem ein Paket.

Kati und Mathias öffneten ihre Geschenke.

Tim hatte für Kati eine Dose verziert und für Mathias einen Kleiderbügel bemalt. Mathias und Kati waren ganz gerührt.

Er hatte die beiden Sachen derart aufwändig bearbeitet, dass er Stunden dafür gebraucht haben musste.

„Die haben wir in der Schule gemacht", erklärte er stolz, als sich Kati und Mathias bei ihm bedankten.

Tim packte sein Paket aus.

„Oh, die Soldaten aus dem Spielwarengeschäft!"

Er kam zu Kati und Mathias und bedankte sich freundlich.

Doch beide wussten sofort, dass er sich etwas anderes erhofft hatte.

Mathias ging neben Tim in die Hocke. Er sah Kati kurz an und sie nickte ihm zu.

„Ich habe das Gefühl, hier fehlt noch etwas", sagte Mathias lächelnd zu Tim.

Tim sah ihn gross an.

„Komm mal mit."

Kati und Mathias nahmen Tim an der Hand und führten ihn zu ihrem Schlafzimmer.

Vorsichtig öffnete Kati die Tür.

„Silas!", rief Tim, als ihn ein kleiner Hund fast umwarf.

Jetzt gab es weder für Tim noch für den kleinen Beagle ein Halten.

Abwechselnd lag einmal Tim und einmal Silas oben.

Silas zitterte vor Aufregung am ganzen Körper.

Kati streichelte den kleinen Hund und stich ihm über die leicht angegraute Schnautze.

„Du bist so ein braver Hund und hast uns nicht verraten. Und du bellst wirklich nicht", sagte sie schmunzelnd.

„Ich hab's dir ja gesagt!", strahlte Tim.

Kati hatte Tim, aufgrund ihrer Erfahrung mit dem Nachbarhund, kein Wort geglaubt. Sie war fest davon ausgegagen, dass Tim „gut Wetter" für den kleinen Hund machen wollte.

Sie war auch sehr unschlüssig gewesen, ob es überhaupt sinnvoll war, den Hund zu sich zu holen. Aber als sie mit Mathias darüber sprach, hatte er erstaunlicherweise überhaupt keine Bedenken.

„Komm, ich zeig dir mein Zimmer!", rief Tim und rannte los. Silas hinter ihm her.

Kati und Mathias gingen zurück in die Stube.

Kati bückte sich und gab ihm ihr kleines Paket.

Er packte es vorsichtig aus und schluckte. Er sah Kati ganz gerührt an.

„Die hatte ich in Peru in den Händen", sagte er leise.

Er hielt die heilige Familie in der Hand.

„Wo hast du die denn her?"

„Ich habe die Figuren am Freitag bei meiner ehemaligen Arbeitskollegin abgeholt. Ihr Mann kommt aus Peru und bringt immer wieder Sachen von dort mit. Ich habe mir diese ausgesucht."

„Danke."

Mathias küsste Kati sanft und zog ein kleines Paket hervor.

„Das ist für dich."

Kati packte eine kleine, in Gold geschnittene Bibel aus.

Sie war wunderschön. Noch in altdeutscher Schrift geschrieben.

Auf der ersten Seite las Kati:

Sie gehörte meiner Mutter
In Liebe
Mathias

Kati liefen die Tränen über die Wangen.

Sie sah Mathias an und schüttelte leicht den Kopf. Mathias nahm Kati in seine Arme und zog sie ganz nah an sich.

„Ich möchte, dass sie dir gehört", sagte er leise ihn ihr Ohr.

Kati hielt sich an Mathias fest.

„Danke."

Sie schmiegte sich noch fester an ihn.

„Ich liebe dich so", flüsterte er.

„Ich dich auch", brachte Kati nur mit Mühe hervor.

Sie blieben eng umschlungen stehen.

Dann hörten sie, dass Tim auf die Stube zukam und sie lösten sich langsam voneinander.

Mathias strich Kati ihre Strähne zur Seite und küsste sie auf die Stirn.

Tim kam hereingestürmt und Silas hinter ihm her.

Kati räusperte sich.

„Hast du Hunger?", fragte sie Tim lächelnd.

„Und wie!"

Sie setzten sich an den Tisch. Kati hatte Fondue chinoise vorbereitet.

Zuerst hatte sie Bedenken, ob Tim das gefallen würde. Die Sorge war umsonst.

Mit Begeisterung tauchte Tim seine Gabel in den Topf und angelte sie sich nachher wieder.

Silas lag die ganze Zeit zu Tims Füssen.

Nach dem Essen hatte Mathias sich aufs Sofa gesetzt. Kati räumte noch das restliche Geschirr weg, als Tim mit seinem Lieblingsbuch in der Stube erschien.

„Kannst du mir das vorlesen?", fragte er Mathias.

Kati wurde ganz mulmig, als sie Mathias' ernstes Gesicht sah.

Langsam erhellte sich seine Mine.

„Na, dann setz dich mal hierher", sagte Mathias freundlich und nahm Tim auf seinen Schoss.

Silas streckte sich unter dem kleinen Tisch aus.

Mathias begann vorzulesen, und Kati setzte sich neben ihn.

Sie hörte seiner weichen Bassstimme gerne zu.

Er las Paolos Geschichte. Wie Paolo über viele Umwege zu seinem Onkel, und zu seiner neuen Familie fand.

„… Endlich hatte Paolo sein neues Zuhause gefunden."

Mathias klappte das Buch langsam zu und legte es zur Seite.
Tim blieb ganz in Gedanken sitzen.
Dann rutsche er auf Mathias' Beinen nach vorne und drehte sich um. Er sah Kati und Mathias nachdenklich an.
„Seid ihr jetzt mein neues Zuhause?", fragte er vorsichtig.
„Möchtest du das gerne?", fragte Kati.
Tim nickte.
„Dann sind wir dein neues Zuhause", antwortete ihm Mathias sanft.
Tim strahlte beide an.
Langsam ging sein Gesichtsausdruck in ein zufriedenes Lächeln über.
Er lehnte sich zurück und drückte sich tief in Mathias' Schoss.
„Ich hab's gewusst", sagte Tim leise.